MA RELIGION, C'EST L'AMOUR

Guy Gilbert est né à Rochefort-sur-Mer, en 1935, dans une famille ouvrière de quinze enfants. Sa vocation se déclare très tôt, à l'âge de treize ans, et c'est comme séminariste qu'il accomplit son service militaire, en pleine guerre d'Algérie. Il est ordonné prêtre en 1965 et nommé vicaire à Blida, en Algérie. Pour être proche de la population, il apprend l'arabe comme plus tard, à Paris, il parlera l'argot des loubards. Un enfant de douze ans qui s'était réfugié chez lui, incapable de parler pendant un an – ses parents le faisaient manger dans l'assiette du chien, après le chien –, oriente une seconde fois sa vie. Les gosses de la rue ont besoin de quelqu'un, c'est à eux qu'il ira. De retour à Paris, il s'installe dans le XIXᵉ arrondissement et aide les adolescents livrés à eux-mêmes, les jeunes drogués et les récidivistes. Il témoigne de son expérience d'un autre monde dans plusieurs livres : *Un prêtre chez les loubards,* en 1978, *La rue est mon église,* et *Des jeunes y entrent, des fauves en sortent,* en 1982, sur les jeunes en prison, *L'Espérance aux mains nues,* en 1984, *Aventurier de l'amour,* en 1986, *Avec mon aube et mes santiags,* en 1988, *Les Petis Pas de l'amour,* en 1990, *Jusqu'au bout !,* en 1993, *Des loups dans la Bergerie,* en 1996. Guy Gilbert s'occupe maintenant, en équipe, de l'insertion des mineurs incarcérés multi-récidivistes dont plus personne ne veut. Il partage pour cela son temps entre Paris et la Bergerie de Faucon où il pratique la zoothérapie avec 29 espèces d'animaux dans les Alpes de Haute-Provence.

Paru dans Le Livre de Poche :

UN PRÊTRE CHEZ LES LOUBARDS

LA RUE EST MON ÉGLISE

DES JEUNES Y ENTRENT, DES FAUVES EN SORTENT

L'ESPÉRANCE AUX MAINS NUES

AVEC MON AUBE ET MES SANTIAGS

LES PETITS PAS DE L'AMOUR

AVENTURIER DE L'AMOUR

JUSQU'AU BOUT !

DIEU MON PREMIER AMOUR

DEALER D'AMOUR

DES LOUPS DANS LA BERGERIE

PASSEURS DE L'IMPOSSIBLE

GUY GILBERT

Ma religion, c'est l'Amour

STOCK

Préface

Combien de fois ai-je répondu aux personnes qui me demandent à quelle religion j'appartiens : « Ma religion, c'est l'Amour. »

Dieu est Amour pour un chrétien. C'est le Cœur, c'est la Force, c'est le Sublime qui sourdent de l'Évangile.

Un jour, je lis dans une revue qu'un célèbre musulman, Ibn Arabi, avait prononcé cette phrase bien avant moi. Il vivait au XIIIe siècle !

Il savait, cet imam, comme peuvent le savoir les rabbins et les pasteurs de toutes les religions du monde, que, si on aime, on vainc tout. Que Dieu est au cœur de l'Amour.

Sans amour, aucune religion n'a de sens, « car sans amour, il n'y a pas de miséricorde. Et sans miséricorde, il n'y a pas de véritable amour. Et il n'y a pas de paix possible » (cardinal Jean-Marie Lustiger).

Lecteur ou lectrice, jeune, adulte ou ancien, je te dédie ce livre.

« Que ta religion soit Amour. »

Quel que soit le nom que tu donnes à Dieu. Et même si tu n'y crois pas.

Tu sais bien que le temps de la terre est fait pour aimer et être aimé.

Que cherche le bébé qui montre le nez à la fenêtre du monde, ou le vieillard qui s'éteint, si ce n'est l'Amour ?

L'Amour est au centre de tout.

Que Dieu puisse te donner la force de bâtir sur terre une « civilisation de l'Amour » !

PREMIÈRE PARTIE

Béatitudes et Fanatismes

World Trade Center

Il y a vingt-cinq ans, à Paris, des jeunes me disaient dans un bar :

— On n'a pas de boulot…

Ils mentaient. Je savais qu'ils passaient leur temps à voler, cambrioler, arracher les sacs des anciennes.

— Écoutez, les mecs, on pourrait peut-être faire quelque chose…

— Quoi ?

— Eh bien ! Partir en Amérique…, précisai-je sans réfléchir.

— En Amérique ?

— Oui, on irait à New York, improvisai-je.

— Quoi ?

Je me souviens de leur stupéfaction.

— Lâchez votre bordel, et j'appelle une agence tout de suite.

C'était six mois avant le mois de juillet. Sur neuf loubards, cinq étaient retournés en prison – ils avaient préféré les sacs à main –, mais quatre m'ont accompagné à New York.

On y a vécu pendant cinq jours. Notamment un après-midi entier en haut des tours du World Trade

Center. Je me souviens de la vision prodigieuse qu'on avait sur le fleuve Hudson. Le soir, ces tours d'un gris acier resplendissaient de mauves et de roses irisés au coucher du soleil. Un spectacle féerique. La nuit, New York illuminé était une splendeur !

L'horreur, vous l'avez vécue en direct. Jusqu'à maintenant, de nombreux avions avaient été pris en otages. Deux d'entre eux sont devenus des bombes, grâce au désir froid, aveugle et lâche de tuer pour tuer. Deux avions kamikazes… Savez-vous que le mot kamikaze veut dire «souffle divin» ? Je ne pense pas qu'il puisse s'adapter à l'horreur du 11 septembre 2001. Il nous vient des Japonais qui, lors de Pearl Harbor, s'étaient enfermés dans des avions avec une bombe sur le ventre. Puis ils avaient piqué à mort sur les bateaux américains.

Comparer l'attaque des twin towers à celle de Pearl Harbor est injuste. C'est à Hiroshima qu'il faut penser. La bombe atomique américaine pulvérisait plus de cent mille personnes en quelques secondes. Et cette population civile était aussi innocente que celle du Manhattan Center. À Pearl Harbor, c'étaient des militaires qui tuaient des militaires.

Lors de ma visite à Manhattan, j'avais été frappé par la diversité de sa population. Les morts du 11 septembre appartenaient à soixante-cinq nationalités différentes.

Tuer pour tuer était le but des tueurs à l'intelligence démoniaque.

Quand on sait que Ben Laden – qui fut à la solde des États-Unis pendant vingt ans pour semer la mort

un peu partout – est maintenant à la tête d'une fortune évaluée à trois cents millions de dollars, on est
en droit de se poser des questions sur le monument
à la gloire de la prospérité économique que repré-
sentaient pour lui les tours de Manhattan Center.
L'Amérique corrompue ? Soit ! Mais je lui dirais :
« Au lieu de t'attaquer à la corruption des Américains, il serait peut-être intéressant de t'attaquer à
la corruption de ton propre monde. »

Ben Laden est en effet issu d'Arabie Saoudite, où
le régime du marché est roi. Le vrai combat, c'est
de refuser l'adhésion au marché par une résistance
spirituelle. Et non à l'aide d'un puritanisme absurde.
Et d'un fanatisme dévoyé.

Cet homme s'est vraiment trompé de guerre.

Pire, sa guerre est le combat d'un dément.

Le Mal

Quelque chose est frappant : George Bush, en
citant les tueurs, parle du Mal. Effectivement, tuer
près de six mille innocents est le Mal absolu. Lui,
le président des États-Unis, se met du côté du Bien.
Or Ben Laden qualifie aussi l'Amérique de « Mal ».
C'était le même langage sous l'ayatollah Khomeyni,
pour lequel l'Amérique était Satan.

Il y a un problème à propos du Bien et du Mal.
Sachant qu'un milliard d'humains vit correctement,
le Bien appartient-il à ce sixième de la planète et le
Mal aux cinq milliards qui ne font que survivre ?

C'est une question que les Américains et nous devons nous poser.

Certes, on ne peut les accuser, si grande est la douleur qu'ils éprouvent. Mais nous pouvons formuler la question. Tous les pays riches peuvent le faire. Par moments, la frontière entre le Bien et le Mal est difficile, très difficile à déceler.

Des pays riches qui sacrifient tout au Dieu-Argent peuvent tuer des peuples en étranglant leur économie, en pompant toutes les richesses de leur sol, de leurs forêts, de leurs minerais. Tout ! Si on ne réfléchit pas à la suite de cette horreur, on peut se retrouver les alliés objectifs de Ben Laden. Notamment en parlant de vengeance. Il faut haïr la haine. En prétendant que tous les musulmans sont complices de Ben Laden, nous nous engouffrons dans la logique infernale du manichéisme des tueurs.

Vouloir tout justifier par la faute de l'autre est l'erreur que nous devons éviter à tout prix.

« Vigi-islam » ?

Non à une guerre sans mesure ! Des milliers d'innocents risquent de le payer de leur vie. Le Mal n'attend que ça. Et, aussi, autre chose : c'est que *Vigipirate* devienne *Vigi-islam*. L'islam de ces terroristes n'est qu'un prétexte pour transmettre leur haine. L'islam n'est pas en cause. En Algérie, ce sont des musulmans qui sont tués par des musulmans.

Je note qu'une centaine d'agressions ont été commises en Amérique depuis le 11 septembre, dont plusieurs meurtres racistes. C'est totalement inadmissible! Souvenons-nous aussi qu'un sixième des musulmans est arabe. Aimons de façon accrue nos frères et sœurs musulmans. J'ai regretté infiniment cette image terrible de jeunes Palestiniens en liesse, une heure après l'horreur, dans les rues de Palestine. Heureusement que Yasser Arafat leur a demandé d'arrêter en leur disant: «C'est honteux.» Et lui-même a donné son sang aux victimes. Le geste était incomparable.

Que la riposte à cet attentat soit justice et non vengeance. Sinon, on se replacera dans le camp de la haine. Évidemment, arrêter ces terroristes et éradiquer les causes de ces horreurs est une priorité, mais puissent d'autres victimes innocentes ne pas s'ajouter à cette tragédie. Ce serait impardonnable. Puissent les bombes qui tombent du ciel… avec le pain, sur l'Afghanistan, ne toucher aucun innocent! Voir les Afghans mourir au compte-gouttes ne devrait-il pas nous indigner autant que d'assister à l'anéantissement, en direct, de six mille personnes à Manhattan? Ou alors entrons-nous dans la terrifiante et inéluctable arithmétique de Madeleine Albright, qui, alors qu'elle était ambassadrice des États-Unis à l'ONU, a eu cette réaction face à un journaliste qui lui demandait ce qu'elle pensait des cinq cent mille enfants irakiens morts des suites des sanctions économiques américaines: «C'était un choix difficile. Nous pensons que le prix en vaut la peine»? La seule guerre juste est la guerre contre la pauvreté. Elle doit être celle de six milliards d'humains.

Les avions tuent, les portables sauvent

On a pu transcrire les échanges téléphoniques bouleversants entre les familles et les passagers qui savaient aller à une mort certaine dans les avions devenus bombes.

Minutes terribles, qu'ils ont utilisées pour dire à celles et ceux qui leur étaient chers qu'ils les aimaient.

Mais c'est surtout dans l'avion de Pittsburg, qui s'est écrasé en pleine nature, que le portable a gagné ses lettres de noblesse. L'un des voyageurs de cet avion, voulant dire son amour une dernière fois à son épouse, apprend la tuerie commencée à New York et Washington. Il décide alors de détourner, avec quelques passagers, l'avion-suicide qui fonçait semer la terreur vers une quatrième cible. D'où la mort héroïque des hommes et des femmes qui ont pris d'assaut le cockpit de l'avion qui s'est alors écrasé en pleine forêt.

Je connais moi-même le poids d'un portable et sa force relationnelle. Il m'a aidé parfois à éviter le pire pour certains de mes jeunes. Cette nouvelle technologie de communication a relié, dans ce moment exceptionnel, des cœurs et a certainement sauvé beaucoup de vies.

Des êtres et des moments sublimes

Dans les jours qui ont suivi l'immense show télévisé du 11 septembre 2001, immense jusqu'à l'écœurement, j'étais à l'hôpital pour aider un de mes gars qui s'en allait vers la lumière, doucement. Je traversais des couloirs. Les chambres étaient ouvertes et les télévisions aussi sur l'horreur du World Trade Center. Derrière cette horreur, il y eut des êtres sublimes ! Trois cents pompiers et policiers new-yorkais sont morts pour sauver des vies. Ils savaient le risque qu'ils couraient, pour la plupart, quand ils montaient dans les étages. Ils voyaient redescendre des rescapés, couverts de poussière, brûlés, par centaines. Pendant que ceux-ci descendaient pour se sauver, eux, les pompiers, montaient…

Quel formidable antidote représentent, contre ceux qui tuent pour tuer, ces hommes qui sont morts pour sauver ! C'est une gifle magistrale à Ben Laden que la mort des pompiers, des secouristes, des bénévoles et des policiers venus porter secours.

Un autre côté sublime fut l'immense silence qui, à la même heure, à la même minute, saisit huit cents millions d'Européens et probablement, dans le monde, des centaines et des centaines de millions de gens.

Oui, les prières de toutes les religions du monde sont montées vers Dieu. La prière des musulmans, la prière des chrétiens, la prière des orthodoxes, la prière des bouddhistes et la prière de tous les athées furent écoutées de Dieu à ce moment-là.

Si on savait la force de la prière !

Une petite fille de huit ans me téléphona pendant une émission à Radio Notre-Dame que je consacrai à cette catastrophe. Elle a dit une chose très belle : « Je prie pour Ben Laden parce que j'ai vu que les morts, c'était à cause de lui. Je vais prier, non pas pour qu'on le tue, mais pour qu'on l'arrête et qu'il dise pourquoi il a fait ça.»

Je lui répondis que je prierais avec elle. Elle a ajouté : «Que Dieu change son cœur ! »

Une immense espérance doit nous soulever. L'espérance que l'amour et la justice vaincront.

Rappelons-nous ce très beau dialogue entre mère Teresa et un journaliste :

— Chère Mère, dites-moi ce qu'il faut changer dans le monde ?

Avec ses vieux yeux lumineux et délavés, mère Teresa lui répondit :

— C'est vous et moi.

On peut larmoyer sur ces horreurs. Mais, au-delà de l'émotion, nous devons réfléchir, moi dans ma vie, toi qui me lis, pour dire : «Ce monde que je veux meilleur, il dépend de moi.» Nous devons vivre la justice là où nous sommes. Et bâtir une civilisation de l'amour.

Un troisième totalitarisme

L'islamisme est la caricature de l'islam, son ennemi absolu. Puissions-nous ne pas voir naître un troisième totalitarisme après le fascisme et le marxisme athée !

Utiliser la religion pour des motifs politiques ne peut se justifier. Ne parlons pas de «chocs des cultures ou des religions», mais plutôt de «dialogues des cultures». C'est le combat prioritaire de tout croyant et c'est sans doute le grand défi du XXIe siècle.

Puissent les musulmans réviser leur Coran. Le dialogue le plus important n'est pas « islamo-chrétien », mais « islamo-musulman ». Et surtout, qu'ils misent sur les droits de l'homme.

Le droit d'être chrétien, par exemple en Arabie Saoudite, doit être respecté. Il ne l'est pas jusqu'à maintenant, ainsi que dans d'autres pays où l'islam est religion d'État.

Que le droit de liberté religieuse soit réciproque. Un musulman se réjouit de la conversion d'un chrétien à l'islam et, chrétiens, nous l'admettons. Qu'un jeune Égyptien ait récemment été battu à mort par son père, parce qu'il souhaitait devenir chrétien, est aberrant.

Seules les valeurs communes à l'humanité, celles de liberté, de laïcité, de respect des droits de l'homme et de démocratie, permettront un jour aux musulmans de faire leur Vatican II ! On peut l'espérer de toutes nos forces.

Les catholiques de l'époque de la chrétienté médiévale pouvaient-ils imaginer les réformes du dernier Concile ?

Jamais le monde ne s'est autant intéressé à l'islam et aux musulmans. Que les Américains se précipitent dans les librairies pour acheter le Coran afin de comprendre l'islam est une bonne chose. Cela leur permettra de ne pas diaboliser l'islam.

Mais, nous, ne soyons pas naïfs. Changeons notre regard ensemble, musulmans et chrétiens.

La terreur qui s'est abattue à New York peut alors, espérons-le, nous ouvrir des chemins insoupçonnés pour entrer dans le plan de Dieu : faire de l'humanité tout entière une seule famille.

Vivre les Béatitudes

Dans le chapelet des musulmans, il y a l'expression «*Maharabat*», c'est-à-dire «Dieu amour». L'Amour est présent dans toutes les religions. Il y a des morceaux magnifiques des Béatitudes chrétiennes dans le Coran, dans la Torah, à travers les livres du bouddhisme…

Si tous les croyants de toutes les religions où l'on parle amour, partage, respect, tolérance, pardon et miséricorde priaient en même temps, avec une force extraordinaire, nous trouverions les gestes, et il y aurait la paix en Afghanistan, en Israël, en Palestine, en Irak…

Mais toute religion est guettée par le fanatisme. À travers la religion de l'islam dévoyée par quelques-uns, nous devons respecter «l'islam authentique, l'islam qui prie, qui veut être solidaire de celui qui est dans le besoin», comme l'a dit le pape au Kazakhstan en septembre dernier.

Les Béatitudes, c'est pleurer avec ceux qui pleurent. C'est le temps de la douleur en Amérique. Plus de cinq mille morts dans les tours de Manhattan. Nous sommes tous américains. En Algérie : cent dix mille morts. Nous sommes tous algériens. Quand on prostitue des enfants aux Philippines, je suis philippin. Quand l'Afrique crève du sida, que l'on y soutient des gouvernements insoutenables et que les laboratoires pharmaceutiques y cherchent des profits, alors je suis africain. Quand le blocus américain affame l'Irak, alors je suis irakien. Quand le napalm tuait des enfants au Viêt-nam, j'étais vietnamien. Le jour où les Américains lâchèrent la bombe sur Hiroshima et Nagasaki, j'étais japonais. Nous devons toujours être les citoyens des pays dans lesquels les victimes meurent. C'est cela, vivre les Béatitudes.

Une guerre n'est jamais « sainte »

Bush a eu tort de prononcer cette phrase : « Dieu est avec nous. » Les islamistes disent la même chose. Les nazis aussi ont dit en leur temps : « *Gott mit uns.* » Or une guerre n'est jamais « sainte », même si elle semble parfois nécessaire. C'est être fanatique que de mettre Dieu à son service. Le croyant est au service de Dieu, le fanatique met Dieu à son service. Que Bush éradique s'il le peut, avec l'aide des États européens, les réseaux terroristes, c'est bon. Mais la guerre est un mal.

La guerre des religions est la pire des guerres. Tuer au nom de Dieu est obscène. Nous, chrétiens, nous l'avons fait pendant l'Inquisition, il y a plusieurs siècles. Et le pape en a demandé pardon.

Au nom de quel islam parvient-on à faire aussi bon marché de la vie des autres ? Quels textes sacrés puisés dans le Coran justifieraient la guerre sainte ? Aucun. En tout cas pas la sourate 5, verset 32 : « Quiconque tue une personne non reconnue de meurtre ou de dépravation est comme s'il avait tué l'humanité entière. Quiconque sauve une vie fait comme s'il avait fait don de la vie à tous les hommes. »

Le Coran est trop beau pour en faire une arme. Il n'y a, non plus, aucune justification des commandos-suicides dans le Coran. Dans la sourate 4, verset 29, il est dit : « Ne vous tuez pas vous-même car Dieu ne cesse pas d'être miséricordieux avec vous. » Le livre saint du Coran est formel là-dessus.

Quant au « djihad », la fameuse « guerre sainte », étendard sanglant de certains islamistes, il s'agit d'un combat intérieur des fidèles musulmans contre leurs mauvais instincts et non d'une guerre contre les chrétiens ou les Juifs. C'est une falsification de l'islam d'en faire une lutte où le sang des innocents crie vers Dieu.

En avoir ou pas

Le vrai débat, depuis le 11 septembre, est entre ceux qui peuvent manger et ceux qui ne peuvent pas. Kofi Annan, le secrétaire général de l'ONU, disait : « Que ce 11 septembre nous aide à réfléchir sur les causes profondes des actes terroristes. » Dans la ligne des Béatitudes, bienheureux celui qui partage avec celui qui a faim. Il est en effet très facile pour les organismes terroristes d'enrôler, de manipuler des personnes désespérées, en désarroi, qui voient leurs enfants mourir de faim. On ne naît pas extrémiste ou fanatique. On le devient. Il est important d'en connaître les causes. La souffrance et l'injustice, parce qu'elles égarent l'esprit, sont le terreau des terroristes.

Pour les chrétiens américains ou européens, c'est le temps de la réflexion et de la spiritualité. Que cette horreur rende enfin un visage humain au «bizness». L'Amérique et la France n'ont-elles pas soutenu des tyrans en Afrique? Le commerce n'a plus rien à voir avec les Évangiles, si un tyran tue, élimine ou pique lui-même dans le minerai de son pays et nous le fait partager. Nous sommes alors les complices ignobles de ce chef d'État.

Nous sommes tous des Algériens

Le jour de l'«horreur» à New York, trois jeunes étaient assassinés en Algérie par des terroristes, à un faux barrage.

Après les avoir lynchés à l'aide de grosses pierres, les assassins ont égorgé les trois adolescents.

Le lendemain, la caricature d'un célèbre humoriste algérien esquissait, de façon réaliste et macabre à la fois, un dessin où un citoyen algérien se réjouissait de n'avoir pas de building dans son pays. À côté de ce même citoyen, un terroriste armé d'une hache finissait son carnage !

Oui, l'Algérie est un immense World Trade Center. Si l'on se fonde sur les dernières estimations du nombre des victimes du drame américain, c'est vingt fois plus de morts que l'Algérie déplore en l'espace de dix ans.

Vous avez été des milliards à veiller devant votre télévision, à assister en direct à cette horreur. À ce moment-là, j'étais en Algérie, pour ma retraite sacerdotale. Vous savez que je suis originaire du diocèse d'Alger. J'ai fait mon séminaire à La Rochelle-Saintes et puis j'ai fait la guerre – malheureusement –, mais comme infirmier, pour me distancer par rapport à la tuerie du moment.

Et, passionné par le peuple arabe et musulman, je suis resté en Algérie. C'est là que j'ai été appelé à être prêtre de l'Église catholique. J'ai quitté l'Algérie en 1970 après cinq ans de sacerdoce à Blida et je suis revenu en France. Mais j'y retourne tous les ans pour une retraite avec mes frères prêtres.

Dieu sait s'ils connaissent le terrorisme là-bas, où dix-neuf religieux et religieuses ont été tués de la façon la plus violente possible, parce qu'ils voulaient être solidaires du monde arabe et notamment d'un peuple : l'Algérie.

En retraite sacerdotale dans le diocèse d'Alger, j'ai donc participé, comme chacun d'entre vous, à la veillée funèbre où le monde entier a assisté, horrifié, à ce que le génie humain peut inventer de plus monstrueux.

Ce qui m'a frappé, durant mon court séjour sur cette terre que j'aime tant, c'est la « mesure » des Algériens face à la démesure de l'acte criminel et des réactions mondiales. Ce peuple meurtri sait en effet, mieux que quiconque, ce qu'il y a de plus sanguinaire et de plus diabolique dans l'homme.

Là-bas, à chaque coin de rue, à chaque visite à un ami, à chaque fête ou deuil, des monstres peuvent stopper net la soif de vivre, la joie d'aimer, le partage de la douleur d'un peuple.

La veille du jour où le cœur du monde a vibré à l'unisson, face à l'indicible vécu par les Américains, une veillée funèbre a été interrompue, près d'Oran, par le massacre d'une famille très pauvre qui pleurait un parent décédé.

Et ce peuple tient le coup, malgré un martyrologe qui n'en finit pas de s'allonger.

Eux non plus, comme leurs frères et sœurs américains, n'ont pas de mots à opposer à ce long supplice.

Le visage des Algériens est grave. Mais, soudain, l'allégresse éclate en pleine rue. La rentrée scolaire à laquelle j'ai assisté était aussi bruyante et joyeuse que partout dans le monde.

Peuples algérien et américain, gardez l'Espérance ! C'est votre meilleure défense face à la folie suicidaire de certains de nos frères. L'amour et la paix vaincront, quoi qu'il arrive, quoi que vous puissiez endurer encore.

Je quittai le lieu de ma retraite algérienne en contemplant les portraits des prêtres et évêques algériens qui ont payé de leur vie leur solidarité avec un peuple martyr. Et j'ai lié ces visages à ceux de tant de pompiers, policiers, secouristes et bénévoles qui, eux aussi, ont péri pour sauver.

« Il n'y a pas de plus grand amour que de donner sa vie pour ceux qu'on aime. »

DEUXIÈME PARTIE

Sur le vif

La mondialisation
à l'épreuve de l'Évangile

Carlo Juliani, vingt ans, meurt le 20 juillet 2001 d'une balle dans la tête, victime d'un carabinier, alors que les forces de l'ordre et militants antimondialistes s'affrontent en marge du sommet du G8 à Gênes. L'image du corps ensanglanté a fait le tour du monde.

Est-ce un héros de l'antimondialisation ? Le carabinier, présumé tueur, était dans une voiture sur laquelle Carlo s'apprêtait à lancer un lourd extincteur. Ne sollicitons pas trop les faits quand on parle de héros comme Carlo. Cela risque de nuire au message fort intéressant des antimondialistes...

Certains aspects de la mondialisation sont passionnants à étudier. Par les médias et l'informatique, le monde devient un village, avec son marché, mais surtout un supermarché dominé par les grandes puissances industrielles et militaires. La réalité du pouvoir est passée du politique au financier. Bush ou Chirac peuvent toujours bramer au clair de lune, ce sont les finances qui sont aux commandes. Ce sont les monopoles financiers qui les poussent à agir.

C'est le blé qui prévaut. Le besoin des hommes, ils s'en fichent. Seul le profit compte. Et pour le profit, on crée des besoins et la boucle est bouclée. Ainsi naît une culture sans Dieu… au seul profit des nantis.

J'étais interviewé dernièrement en compagnie d'Arlette Laguillier. Une femme que j'aime bien, même si je n'adhère pas à ses thèses. J'étais invité dans cette émission pour jouer le rôle de l'innocent, du simple d'esprit…

Comme Arlette parlait sans cesse de «camarades ouvriers», d'«ouvrières», de «Smic amélioré»…, je lui demandai si on ne devrait pas mieux dire : «frères et sœurs».

— Dans le monde des pauvres, il n'y a pas que les ouvriers, Arlette, il y a les RMistes, les clochards… J'ai d'ailleurs l'impression que les ouvriers ne sont pas tous paumés.

Elle ne m'a pas répondu.

— Arlette, ai-je continué, on va donner aux ouvriers un Smic amélioré mais en les poussant à consommer. Donc, finalement, ils vont avoir un Smic à dix ou douze mille francs et vont dépenser encore plus.

Voilà le vice suprême de notre civilisation. Ce n'est pas le Smic qui est trop faible, c'est la consommation qui est trop forte.

Jean-Paul II n'y est pas allé avec le dos de la cuillère. «Une nouvelle forme de colonialisme est en train de naître à travers la mondialisation», a-t-il dit avec une verdeur et une force qu'on n'a pas assez saluées. «C'est un instrument terrifiant de domination d'un milliard de riches sur cinq milliards de pauvres. On doit entendre le cri des peuples les plus pauvres de la terre…»

Des tas d'institutions franciscaines ou autres ont fonctionné, pendant le G8 de Gênes, comme des centres de résistance spirituelle à la «globalisation sauvage». Un cardinal, secrétaire d'État, pourtant connu pour être de droite, n'a pas hésité à affirmer que le tremblement de terre antimondialiste représentait un grand signe d'espérance.

Ce n'est pas du haut de leurs quatre étoiles que les membres du G8 voient la réalité des plus pauvres. L'Église est une des dernières institutions d'envergure universelle à pouvoir encore faire entendre une parole crédible et une protestation très forte sur les inégalités qui accompagnent la mondialisation.

Les thèses de l'Évangile

Certains préféreraient que Jean-Paul II ne s'occupe que des malades, des enfants et des vieux. Heureusement, cet homme, à l'air complètement déjanté, estime que nous devons résister à la mondialisation, parce qu'elle engage l'avenir de nos petits. Sa verdeur juvénile et prophétique reste intacte.

À la base, les analyses si modernes de Jean-Paul II sont tirées de l'Évangile. Les Actes des Apôtres sont pourtant antérieurs à Marx. Je cite: «Ils vendaient leurs propriétés et leurs biens et partageaient entre tous le fruit, selon les besoins de chacun.»

La mondialisation, je dirais que nous n'avons plus le choix de la refuser, mais qu'il nous reste la manière de la vivre. On veut dominer l'autre parce qu'on en a peur, et l'on a peur de lui parce qu'on a peur de soi-même, de perdre ses bénéfices, de perdre ses avantages.

Ma petite entreprise

L'égoïsme de l'homme est le péché mortel par excellence. Il est important que ceux qui sont à la tête des entreprises permettent aux autres de participer au pouvoir, en acquérant l'intelligence et la maîtrise, du plus petit au plus grand.

Tant que nous ne nous changerons pas nous-mêmes, nous ne décollerons pas. Toute révolution fondée sur le profit et la haine est vouée à l'échec : c'est la lecture de la mémoire du temps. Tu peux cracher sur les systèmes, mais si tu ne te changes pas, toi, et si tu ne changes pas ta communauté, rien ne change.

Alors, il vaut mieux se taire.

Toute parole est inutile.

Dirigeant une PME d'ouvriers (douze personnes), je peux en parler. Le plus ancien y reçoit exactement le même salaire que le nouvel arrivant. C'est la parabole du vigneron… Ainsi, il n'y a pas de rivalité. Pour être chef de communauté, on ne se bouscule pas au portillon, parce que les charges importantes que cela comporte sont un service et non un pouvoir rémunéré.

Être le chef, dans les Évangiles, c'est *servir*. Mettre tout en commun. Certes, ce sont des systèmes à très petite échelle et l'on ne peut étatiser l'Évangile, mais c'est une réponse spirituelle à la mondialisation. Si, dans le monde, nous avions des millions de petites cellules vivantes comme ça, y aurait-il encore un chômeur ou un clochard ? Quelqu'un mourrait-il encore de faim ?

Avec mes droits d'auteur, je peux verser douze salaires. Mais, si je rétribuais chacun hiérarchiquement, il n'y aurait plus que six personnes salariées. Je résous, par l'Évangile, le problème du chômage.

Mes éducateurs musulmans, athées, bouddhistes ou chrétiens ont adhéré à ce système, parce qu'ils se sont aperçus qu'ils ont la maîtrise de ce qu'ils font et qu'ils aident les copains à vivre. Je crois à cette vertu de l'égalité des salaires parce que ainsi chacun est maître dans l'entreprise. Chacun sert son entreprise et en est responsable. À condition que cela soit accepté au départ et vécu comme un partage.

L'inconscience à toute vitesse

La bataille rangée commence dès que la horde a envahi ma voiture. Après une rapide visite du tableau de bord, ils se vautrent sur la banquette arrière, me recommandant un départ sur les chapeaux de roues. Ce que je ne manque jamais de ne pas faire, évidemment !

Les «Double cet enfoiré !», «T'as vu cette limace ?», «Fous-lui les pleins phares dans sa gueule !» et autres aimables interjections jaillissent des lèvres de nos jeunes, futurs avaleurs de bitume.

Bien sûr, ils ont repéré le cadran indiquant la vitesse maximale. Le «230 km/heure» est, pour eux, le seul objectif à atteindre. Mon prudent «130 km/heure» les désespère.

Ils se rapatrient alors sur la sono… que je leur interdis de toucher. J'ai failli, un jour, avoir un crash en voulant repousser deux mains qui s'acharnaient à zapper des musiques différentes.

Après avoir touché à tous les boutons accessibles, la bande se chamaille ou s'endort.

Sur la banquette avant, mon jeune coéquipier (que je choisis silencieux) me roule consciencieusement

mes clopes et me passe l'eau. Je lui apprends toujours comment présenter la cigarette, le bout incan-
descent parfaitement visible.

Avec les dispositions qui les animent, ils sont fin
prêts, sans qu'ils le sachent, à grossir l'hécatombe
banalisée des trois mille jeunes morts qu'on compte
chaque année sur les routes de France.

Sans parler des dizaines de milliers de blessés dont,
en prime, tous celles et ceux condamnés à ne pousser que deux « volants verticaux ».

Assis à vie.

Les constructeurs de ces tombes roulantes, de plus
en plus fragiles et puissantes à la fois, devraient
entrer dans la catégorie des « pousse-au-crime » et
être inculpés en grande partie pour les centaines de
milliers de morts annuels, qu'on trouve sur toutes
les routes du monde.

L'aberration absolue est qu'ils construisent des
bombes volantes. Les adultes commencent à s'en
inquiéter. Quant aux jeunes, ils s'en délectent,
inconscients qu'ils sont des risques qu'ils vont courir ou faire courir.

Il semble que seulement 2 % de ce que nous don-
nons à l'État, pour ce qui touche l'automobile, soit
investi dans l'entretien de nos routes. Formidable
aberration d'un État rapace qui ne pense que radars,
flics en embuscade, points supprimés et amendes qui
lui rapportent un joli pactole !

Un temps, des élus excédés par la tuerie ont
jalonné les routes de leur commune d'épitaphes mor-
tuaires : « Ici : 4 morts… 8 morts ». Mais sans doute

ces stèles funèbres faisaient-elles désordre… ou se retournaient-elles contre ces mêmes élus. Le citoyen pouvait se dire, en effet : « S'il y a tant de morts à cet endroit, c'est que rien n'est fait pour y remédier. »

Persévérons donc dans notre lâcheté qui provoque cette tuerie banalisée.

Nos futures victimes de la route sont plus que jamais programmées pour entrer dans la danse macabre : jeux vidéo à base de compétition routière hard, films comme *Taxi* ou *Taxi II*, moteurs de mobylettes gonflés, etc.

Continuons donc gentiment à les prévenir des risques innombrables que comportent les routes, en ne prenant aucun moyen en amont pour les empêcher de se détruire ou d'anéantir ceux qu'ils auront le malheur de croiser.

Et diffusons, pourquoi pas, ces :

DIX COMMANDEMENTS
DU *SERIAL KILLER* DE LA ROUTE

1. Sois sûr de toi… Double en plein virage ce vieux con qui te pourrit la vie avec ses 90 km/heure réglementaires. T'as le temps, t'as les réflexes.

2. Bénis les 230 km/heure… Pourquoi ces misérables 130 qui font de toi une limace sur cette piste d'aérodrome ?

3. C'est toujours l'autre qui est un connard.

4. Te laisse jamais dépasser. La honte ! N'oublie pas ! Ton honneur est en jeu…

5. Bois comme t'en as envie. Il est connu que l'alcool donne du courage et de sacrés réflexes.

6. Fume ton joint avant de prendre le volant. Tu verras, la vitesse te ravira, liée à ta musique préférée à fond la caisse. Tu as quitté ta discothèque. Pourquoi te priver de ce dernier moment de puissance et de chaleur ?

7. Accélère quand les piétons se traînent sur les passages cloutés… À ces misérables humains, il faut faire peur. Sinon, tu perds à leurs yeux la toute-puissance que te confère le volant.

8. Fous les pleins phares dans les rétroviseurs des limaçons qui embouteillent les autoroutes : *ton* espace de défoulement.

9. Ta ceinture bouclée ou non, tu es le maître dans ton cockpit. Personne n'a à t'emmerder. Heureux siècle ! T'es Rambo, invincible dans l'espace de ta voiture bichonnée par tes soins comme la plus belle des maîtresses !

10. Multiplie les queues de poisson… C'est très bandant !

Des commandements, il y en a encore d'autres, mais tu n'en connaîtras la fin que dans ton cercueil.

Tu as choisi la mort. C'était ton droit.

Malheureusement, ceux que tu as tués n'ont rien choisi, eux. Quant aux rescapés et leur famille, ils auront tout le temps de se souvenir que tu as brisé leur vie.

Justice aberrante

Dans la salle d'audience du palais de justice, j'attends le verdict auprès d'un de mes anciens, jugé pour une affaire de stupéfiants.

La sentence tombe. Pour la détention de sept milligrammes de cannabis, il est condamné à un mois de prison avec sursis et deux ans de mise à l'épreuve, avec l'obligation d'une cure de désintoxication.

J'hallucine ! Ce tribunal de la ceinture parisienne m'apparaît hors planète, décollé de la réalité. Cette justice-là est aberrante et injuste.

Le jeune procureur qui a requis cette sentence, que la présidente du tribunal a approuvée, aura-t-il lu le lendemain dans *Le Monde* ce compte rendu de *rave parties* ? : « Les doses d'ecstasy et autres drogues dures sont vérifiées par des experts, sur les lieux mêmes du rassemblement musical, pour savoir si elles ne sont pas "frelatées". » D'où l'accord tacite de toutes les autorités, préfectorales ou autres, pour que nos jeunes consomment une drogue « saine ».

Sur ces mêmes lieux, la police arrête avec parcimonie quelques trafiquants. Un alibi parfait par rapport à l'énormité des doses consommées lors de ces *rave parties*.

Personne n'est dupe. En attendant, il y a belle lurette que nos ministres et autorités de tout poil se masturbent l'esprit sur les seuls mots de «dépénalisation de la drogue».

Depuis des années, la Hollande a pris les devants dans un raccourci qui ne ménage ni la chèvre ni le chou. La vente des drogues douces y est libre.

Un ancien m'a convié à participer au voyage «gare du Nord-Amsterdam». Édifiant! Voir ces files interminables d'adolescents, venus de toute l'Europe, allant acheter dans des *coffee shops* leur marchandise hallucinogène, est inquiétant. Jour et nuit, les queues sont pires que celles qu'on aperçoit à Paris, la nuit, devant les bureaux de tabac.

Le jeune adulte sanctionné, au début de cet article, est atteint du sida. Seule la drogue douce lui permet de calmer ses insomnies et sa souffrance.

En Amérique, c'est légal. En France, non! C'est moi-même qui lui procure régulièrement et avec mesure le seul «médicament» hallucinogène qui l'apaise et l'aide à survivre. Et Dieu sait si je suis opposé à toute drogue. Dans ce cas précis, j'estime que l'homme souffrant passe avant la loi qui punit et tolère à la fois.

Assez d'hypocrisie, de discours et de batailles stériles. Les seuls perdants sont les jeunes qu'on habitue toujours un peu plus à tricher et, parfois, à se perdre.

Un insupportable mensonge

Le cardinal Feltin semblait à la fois effaré et excédé. Les témoignages sur la torture se multipliaient. Entouré de séminaristes militaires de tout l'Ouest algérien, il entendait chacun témoigner.

Il avait désiré nous voir. Et seuls. Exit donc de la cathédrale algérienne d'Hippone, où le prélat nous avait conviés, les généraux chamarrés qui, dépités, avaient dû voir les portes se refermer sur eux.

Calé dans son fauteuil qu'il emplissait à ras bord, il nous écoutait.

Je témoignai du hurlement tout proche entendu dans la nuit. Je n'avais fait qu'un bond. Le sergent-chef torturait à la gégène un jeune berger. Le temps d'empoigner le gradé et de lui hurler qu'il n'avait pas le droit, je m'étais trouvé ceinturé et expédié pour une nuit dans un cachot.

La comparution devant le colonel du secteur militaire ne tarda pas. Il me signifia qu'un stage dans un commando, en plein djebel, me remettrait les idées en place.

Nanti d'une trousse d'infirmier de vingt-cinq kilos, j'en ai alors bavé. Mais pas seul. Un communiste et un séminariste pasteur protestant avaient été mutés avec moi dans le même commando, pour le même motif non écrit : « Refuse la torture en secteur de pacification. »

Étrangement, durant ces six mois d'épreuves, aucun blessé, aucun berger ne fut torturé. Le commandant savait bien qu'on veillait au grain et que l'on ne le permettrait pas.

Le cardinal me demanda si j'avais fait un rapport à la hiérarchie. « Oui, Éminence, mais il n'est jamais parvenu au général commandant la division. »

L'aumônier à qui je l'avais confié était timoré. Il m'a dit, longtemps après, l'avoir égaré…

Le chef fut déplacé. Sans doute vers le lieu d'autres exactions.

Le cardinal fit publier, avec le concours des évêques de France, un livre blanc ou vert sur la torture en Algérie. Il causa quelques remous. Sans plus. Mais la hiérarchie ecclésiastique française, frileuse, préféra faire prier pour la paix !

Bravo aux deux généraux, nonagénaires et octogénaires, d'avoir su dire la vérité ! Ils ont fait face. Avouer, cinquante ans après, que la torture a été institutionnalisée durant la guerre d'Algérie, est important pour l'histoire, pour les victimes et, au fond, pour les bourreaux. Quant au général Aussaresses qui a avoué avoir torturé et fait torturer, sa complaisance à l'écrire a été ignoble.

Si la torture tue, ravage ou pulvérise un être, elle blesse toujours celui qui l'a pratiquée.

Au moins deux généraux ne mourront pas sans avoir, en partie, pansé leurs blessures.

Quant à ceux qui sont sortis vivants de mains ignobles, ils sauront que leurs souffrances ne seront plus ravivées par le manteau d'un insupportable mensonge.

Église et pédophilie

La prière pénitentielle terminée, un applaudissement au fond de l'église se fait entendre, suivi d'une rafale qui envahit toute la nef.

Qu'avais-je dit qui suscite une telle approbation ? Simplement ceci : « L'Église s'est tue honteusement dans les affaires criminelles de pédophilie. Elle a fait passer sa réputation avant de penser, d'abord et avant tout, aux victimes de certains prêtres. Demandons pardon pour notre silence complice qui n'a pu que provoquer d'autres victimes. »

Ce jour-là, je n'ai jamais autant compris combien le peuple chrétien ressent douloureusement les crimes de ses ministres et notre silence.

Les affaires de pédophilie concernant l'Église ont envahi les colonnes de tous les journaux. Elles nous font, nous les prêtres, rentrer dans notre coquille.

Moins que jamais, nous ne devons nous taire. D'accord, nous sommes déchirés par les actes que des membres de notre propre famille ecclésiale ont commis. Sur ce sujet brûlant, il est certes plus facile de dire ce que l'on pense d'autres institutions, comme l'Éducation nationale, que de sa propre institution. Mais quand la victime reste prioritaire, nous nous devons d'être nets, précis, je dirais même offensifs, dans le fait de dénoncer et sortir d'un silence qui passe pour de la complicité.

Dans chaque salle où je dois intervenir, j'anticipe toujours les questions, dans ce temps d'aujourd'hui où le voile se déchire enfin. Je sais qu'elles me seront posées. Combien de personnes me remercient de les avoir soulevées sans détour !

Après avoir décrit le calvaire insupportable de victimes innocentes et leur difficile guérison, je ne manque jamais d'ajouter au final ma solidarité sacerdotale avec ces prêtres déchus. Apôtres de la miséricorde durant leur ministère, ils ont plus que jamais besoin de cette miséricorde qu'ils ont longuement prêchée !

J'assume une correspondance suivie avec plusieurs d'entre eux qui sont en prison actuellement. Je sais trop ce qu'ils vont subir d'insultes ou de regards haineux de la part de leurs codétenus. Leur calvaire commence. Il me faut porter avec eux leur croix. Je le fais bien avec d'autres prisonniers criminels. Je me dois, a fortiori, de le faire avec les membres de ma propre famille : l'Église.

Je connais rarement les victimes, même si je me situe d'abord *de leur côté*. Telle est la tâche, belle et pénible à la fois, qui m'est échue depuis trente-six ans dans le fait d'assumer la fonction d'éducateur spécialisé : rester *à côté* du bourreau. Pour l'aider et l'empêcher de récidiver.

Les turpitudes de certains prêtres m'ont souvent été dévoilées par des jeunes qui les ont connus et qui m'écrivent leur désarroi, après mon passage dans la ville où a eu lieu le crime. Je leur réponds : « Ne jugez pas. Si c'est vrai, la justice passera. » Je leur demande seulement l'adresse où le prêtre est incarcéré. Parfois, ce sont les prêtres eux-mêmes qui m'écrivent de leur prison.

Secret de la confession et confidence

L'Église a donné enfin, lors de la Conférence épiscopale de Lourdes en novembre 2000, une position claire et nette sur la pédophilie et surtout sur sa nouvelle attitude face aux prêtres qui ont fauté. Ce qui était nécessaire et très attendu. Par contre, la confidence reçue hors confession reste posée avec une force jamais atteinte.

J'ai été plusieurs fois confronté aux confessions de criminels. Cet homme, par exemple, qui en avait égorgé un autre comme une bête.

J'écoutais l'« impossible » aveu. J'étais lié par cette horreur que le meurtrier me racontait. Apparemment sans remords. De plus, je lisais dans son regard une lueur glacée qui annonçait d'autres violences.

C'était il y a vingt ans. Pour la première fois, j'étais bel et bien pris « en otage ». Et combien de fois depuis…

Les gens ont rarement une idée précise du poids de la souffrance ou des déchirements qui sont confiés aux prêtres. Mais quand, à cette mission qui nous lie au secret absolu, s'ajoute celle de vivre avec des jeunes disloqués qui débordent de détresse et nous confient leurs dérapages mortels, alors il faut doublement s'accrocher.

J'ai été, et je suis toujours, confronté à des aveux qui font de moi le complice de confidences. En provoquant des débats de conscience au-dessus de mes forces humaines.

Je le répète, la confidence reçue hors confession reste posée avec une force jamais atteinte. Beaucoup de personnes en parlent sans bien connaître le trésor inégalable de la confession sacramentelle qui ne peut, en aucun cas, être dévoilé et le secret professionnel qui, lui, dans certains cas, peut être dévoilé pour empêcher d'autres victimes.

En effet, de plus en plus, un peuple de croyants se disant non pratiquants n'a que la presse ou les médias pour juger. La confusion entre confession et confidence est donc réelle.

Encore une fois, sur le plan strictement sacramentel, que cela rebute, chrétiens ou non chrétiens, nous sommes, nous, prêtres, absolument liés, quelles qu'en soient les conséquences. Si des prêtres tentaient d'y renoncer, alors c'en serait fini de ce sacrement de réconciliation, trésor de l'Église catholique.

Plusieurs prêtres, dans l'histoire de l'Église, ont donné leur vie pour ne jamais trahir la confession reçue. Il faut savoir que le prêtre confesseur a des recours importants, par exemple, refuser de donner l'absolution, mettre fermement en demeure le coupable de se rendre à la justice.

L'évêque, lui, a d'autres possibilités s'il a directement ou indirectement reçu les confidences d'un prêtre. Il peut lui refuser tout ministère si le prêtre ne veut toujours pas se livrer à la justice. Le prélat n'est ni flic ni juge. Mais il ne peut pas ignorer les bruits persistants ou la vérité dévoilée devant lui. Là encore, la victime étant prioritaire, il doit en passer par là.

Quant à dénoncer lui-même son collaborateur à la justice, je n'irai pas jusque-là. Un évêque au moins aurait dit à la presse qu'il le ferait si le prêtre refusait de se dénoncer aux autorités judiciaires.

En revanche, accompagner soi-même au palais de justice son frère pécheur pour l'aider dans ce passage éprouvant, c'est bon et nouveau. Un évêque français l'a fait.

Un procès retentissant

À la suite du procès retentissant et inédit de l'évêque de Bayeux – aucun évêque n'avait été condamné par un tribunal depuis la Révolution française ! –, la loi canonique est mise en demeure de suivre la loi républicaine, dans certains cas que ce procès a délimités. Auparavant, confession et confidence reçue hors confessionnal étaient mêlées indissolublement.

Mgr Pican a été reconnu coupable de s'être tu, non pas sur les aveux du prêtre pédophile dont il avait la responsabilité pastorale, mais sur les informations reçues de tierces personnes. Les attendus du jugement de Caen le disent clairement et c'est en soi une indication essentielle. Mgr Pican a admis lui-même avoir fait une erreur de jugement à la suite de confidences reçues.

Le secret professionnel reconnu aux ministres du culte par état est de nouveau confirmé. De même, il est confirmé par ce procès que ce secret dépasse le cadre de la confession sacramentelle dans certains cas. L'évêque peut donc garder le secret reçu d'un prêtre (hors confession) à condition que la démarche du prêtre vis-à-vis de l'évêque soit « spontanée ».

Cela suppose que, dans le cadre non spontané d'une convocation du prêtre par son évêque, le secret professionnel ne tiendrait plus ! L'option de conscience tirée du secret professionnel ne peut alors être appliquée. C'est pour cela uniquement que l'évêque de Bayeux a été inculpé, jugé et sanctionné.

Ce jugement ne remet pas en cause le principe du secret professionnel ni celui de l'option de conscience. Il réduit le champ du secret professionnel pour le prêtre et pour l'évêque. Soit. Mais il permet de conserver la relation de confiance entre l'évêque et le prêtre. Le principe fondamental est préservé ! Notre société veut de plus en plus vivre dans la transparence totale. Elle oublie qu'elle a besoin de secret. Mais cela suppose des devoirs autant pour celui qui se confie que pour celui qui reçoit la confidence. Le secret a cependant besoin d'être encadré en fonction de la confusion inadmissible entre secret et désir d'étouffer une affaire.

Il est au moins une chose claire : l'Église ne devra plus jamais faire passer son honneur sali avant ce qu'il y a de plus sacré : l'enfant ou l'adolescent.

Mgr Pican a payé lourdement les silences inadmissibles de l'Église.

Célibat et pédophilie

Combien de personnes m'ont affirmé que le célibat sacerdotal obligatoire est le grand responsable des actes criminels pédophiles des prêtres ! C'est méconnaître la psychologie du pédophile qui, « en mal d'enfance », est resté bloqué dans sa sexualité d'enfant ou de jeune adolescent. D'où sa recherche, à quarante, cinquante ans ou plus, de l'enfant sexué du même âge que son blocage.

Il ne semble pas que le célibat sacerdotal obligatoire soit en cause.

Au niveau biologique, aucune découverte n'est venue, jusqu'à présent, éclairer réellement les causes du comportement pédophile. On est en pleine recherche. Une constatation terrible cependant : 50 % des pédophiles ont subi, enfants, des agressions sexuelles.

Je me souviens de cette confidence qui m'avait profondément ému : un jeune de vingt ans m'avait confié son attirance nouvelle pour les jeunes enfants. Battu cruellement par son père, il s'était enfui de chez lui à l'âge de douze ans. Sa fugue avait échoué dans la cabine d'un routier pédophile.

Ce dernier avait abusé de lui durant quinze jours. « Il a été très doux et très paternel, m'a dit le jeune homme avec indulgence. Mais, lassé par sa demande sexuelle répétée, je me suis enfui », a-t-il ajouté.

Quinze ans après, il était paniqué par ses pulsions sexuelles subites. Il n'était pas passé à l'acte avec des gosses. Mais il avait une peur terrible de ne pas tenir longtemps. Je l'ai engagé fermement à entreprendre une thérapie. Il semble qu'il y ait une carence de médecins capables d'assumer ce type de soins.

On ne dira jamais assez combien une écoute forte et répétitive peut libérer et guider celui qui se sent envahi (je dirais malgré lui) par des tentations qu'il réprouve. Écouter, conseiller peut éviter parfois l'irréparable.

Le silence du pédophile est une des caractéristiques de sa sexualité. De plus, certains font preuve d'une cécité morale atterrante. Un prêtre pédophile avouait, lors de son procès, qu'il se confessait après chaque faute, et qu'il recommençait ensuite. L'absolution aurait dû lui être refusée. Et le conseil impératif de se rendre à la justice aurait dû lui être donné. Ce qui, selon lui, n'avait pas été fait.

Fausses accusations et peur du geste

Accuser une personne de pédophilie est toujours grave. Inventer ce type d'accusation l'est encore plus. Le suicide récent d'un professeur de gymnastique en témoigne. Un jeune, furieux d'une note qu'il jugeait injuste, l'avait accusé de ce type de délit. Le lendemain, l'homme se suicidait et peu après le jeune avouait son mensonge.

L'enfant, dans ses dires, a souvent des phrases qui ne s'inventent pas pour exprimer ce qu'il a subi. À condition qu'un de ses parents ne sollicite pas sa prétendue confession ! Je connais une famille dont la mère a poussé ses deux petites filles à accuser leur père. Ce dernier s'est battu comme un lion pour prouver son innocence. Durant deux ans, il n'a pu voir ses filles adorées que très peu, et seulement en présence d'une assistante sociale.

Il a été finalement totalement innocenté. Mais, à bout de souffle et d'écœurement, il a rompu avec sa famille. Gâchis irrémédiable.

Puissent les parents ne pas avoir peur de toucher ou de caresser leur enfant, par crainte d'une accusation criminelle ! L'affaire Dutroux, si elle a libéré des milliers de jeunes, étouffés par une culpabilité dont leurs tortionnaires les avaient convaincus, peut semer un vent de panique dans maintes familles ayant peur de tout geste qui serait mal interprété.

Prêtres fautifs et double peine

Notre société se montre particulièrement intransigeante lorsqu'il s'agit des dérapages criminels d'hommes d'Église. Porteuses de valeurs morales et spirituelles, les religions apparaissent là en contradiction flagrante avec le message qu'elles sont censées délivrer.

De retentissants procès, en Amérique et au Canada, ont obligé la hiérarchie catholique à mettre en place des dispositifs importants, avec excuses publiques. Des diocèses se sont ruinés financièrement pour dédommager des victimes de religieux.

Il semble cependant que les affaires mettant en cause des religieux ont augmenté depuis une dizaine d'années.

Des initiatives d'évêques français se mettent en place pour un travail collectif de réflexion. Une des questions importantes qui se posent aux évêques est l'«après» des prêtres jugés et incarcérés.

Le prêtre, une fois sa peine purgée, où ira-t-il? Pourra-t-il reprendre son ministère? Il a pourtant droit, comme tout homme, à une réinsertion. Situation nouvelle. En effet, miséricorde et prudence sont, dans ce cas précis, difficiles à concilier.

On pardonnerait difficilement à un évêque de prendre le risque de voir un de ses prêtres récidiver. Alors, le prêtre doit-il être rayé des cadres de l'Église? Interdit de célébrer et de poursuivre tout ministère?

Dans ce cas précis, il subirait une double peine. L'une par la justice civile et l'autre par l'Église.

Puisse l'Église faire preuve de miséricorde autant que de prudence. En revanche, de toute urgence, l'Église doit se doter d'instances de conseils qui permettront une prévention forte et éclairée pour les candidats au sacerdoce.

La pénurie des prêtres ne doit jamais autoriser à être peu regardant sur les candidatures des postulants. Cette haute mission nécessite l'embauche d'hommes à l'affectivité équilibrée, au discernement sûr, vivant le plus possible en communauté. Ajoutons : des hommes pieux et forts, capables d'affronter sereinement un monde dur aux mœurs de plus en plus laxistes.

Chrétiens, vous avez une sacrée responsabilité !

Un prêtre ne peut ni ne doit vivre seul. Trop de tentations risquent de le submerger. Faut-il encore que le prêtre ne soit pas un pilote de Formule 1 qui n'aurait, comme interlocuteur principal, que le macadam !

Surchargé, sans cesse bouffé, écartelé, sur les routes, le prêtre est en danger. Vous devez l'aider dans sa mission.

S'il a renoncé à tout amour pour vous aimer et vous servir, votre amitié et votre proximité seront ses deux remparts pour l'aider à servir d'exemple à votre communauté. Combien de prêtres m'ont dit leur reconnaissance aux fidèles qui les ont portés, soutenus, soulevés par leurs interpellations et leur franchise !

Ils auront alors beaucoup de chance de ne pas vous livrer un « Évangile des ténèbres » mais une Bonne Nouvelle qui sera une force et un phare pour vous. Parce qu'ils seront d'abord eux-mêmes des « êtres de lumière ».

TROISIÈME PARTIE

La part de cristal

Vivre dans la violence

Un jeune de treize ans que j'ai accueilli avait deux contrats, dont l'un pour tuer quelqu'un en échange d'une modique somme. Il a tenté de le buter. Heureusement, il ne l'a que gravement blessé. L'autre contrat était de brûler une ferme avec, si possible, des gens à l'intérieur. Il a brûlé la ferme, les occupants ont réussi à s'en sortir. Mais il m'a confié, la mine gourmande : « J'ai voulu, avant de foutre le feu, sauver les soixante-quinze chèvres. »

Imaginez ce que ce jeune peut penser d'un être humain ! Le saccage de son enfance et de son adolescence lui permet de croire que l'humain n'est rien, comme lui n'a été rien pour sa famille. C'est le type de jeune qui a ma préférence. Personne n'en veut. Les éducateurs ont peur de lui à la seule vue de son dossier. J'ai toujours pensé que ce jeune a une part de cristal cachée par les monstruosités que les adultes lui ont fait subir.

Mon travail d'éducateur est un travail d'artiste. Accueillir la masse informe d'un adolescent pour sculpter, lentement, l'être humain qu'il est, et qu'il ignore, c'est un travail d'orfèvre. Et, comme vous le devinez, un travail de longue haleine. Ce travail est strictement humain. Mais si je n'avais pas ma foi de chrétien pour penser que ce jeune est un être de lumière, il y a longtemps que j'aurais baissé les bras !

La force qui me fait agir ? Simplement l'amour de mon père et de ma mère pour les quinze enfants que nous étions. J'ai connu l'amour humain et je sais qu'il est invincible. Ces deux armes redoutables, l'amour humain et l'Amour de Dieu, me permettent à soixante-six ans de continuer à croire absolument que l'espérance en tout être est possible. Que rien n'est jamais perdu. Ce sont ces deux appels qui me motivent depuis trente-six ans sans que, je l'espère, je ne perde mon cœur d'enfant dorloté, porté par des parents qui m'ont révélé l'amour.

J'ai dix-huit équipiers, douze salariés grâce à mes droits d'auteur, et six bénévoles. Mon équipe m'aide énormément. Elle est composée de musulmans, de chrétiens, d'athées et de bouddhistes. Elle est non confessionnelle. Et j'y tiens. L'amour, le partage, le sens de l'autre n'appartiennent pas aux seuls chrétiens.

Accueillir la « mission impossible »

Mes priorités vont d'abord vers l'être exclu qu'on a condamné d'avance, celui que le juge me confie en me disant : « C'est une mission impossible. »

Je mène depuis vingt-huit ans une expérience de zoothérapie. L'exemple cité au début du chapitre indique ma ligne. Que les gens crament, le jeune s'en foutait, mais que les biques soient sauves, c'était important pour lui. C'est pour cela que nos jeunes vivent en Haute-Provence avec chameaux, sangliers, daims, autruches, kangourous, paons et autres bestioles qu'ils aiment d'instinct.

Comme me disait Marco, un ancien de la Bergerie : « La bête ne reprend jamais ce qu'elle a donné. » Cela veut dire que Marco et des centaines d'autres jeunes croient à l'attachement invincible de la bête, en refusant le contact avec les adultes qui les ont trahis.

Ne rien laisser passer

Il faut nous adapter à chaque situation. Un règlement très strict met les jeunes sur la route des devoirs. Ceux qui nous sont confiés ne revendiquent que leurs droits. Leur parler de devoirs risque de provoquer chez eux une crise cardiaque ! L'attachement pour les bêtes les aide à accepter des règles contraignantes au départ. Ils sont obligés de se lever de bonne heure, de les soigner, de les nourrir et de les panser. Au début, ils le font avec allégresse, et puis ils se lassent. Mais c'est alors trop tard ! Les bêtes se nourrissent à l'heure, se domptent, s'apprivoisent. L'attachement qu'ils leur portent leur permet finalement d'adopter peu à peu, sans qu'ils s'en rendent compte, des lois très strictes qu'ils appliquent au long des mois.

Un travail titanesque ! Pour le mener à bien, il faut des éducateurs au top qui ne laissent rien passer.

Point n'est besoin de vous dire les conflits que cela suscite ! À nous de ne jamais baisser les bras. Cette expérience dure et n'a pas pris un seul poil blanc.

Inutile d'ajouter que ces adultes doivent assumer une violence telle, cachée ou ouverte, que je ne les garde que deux ans. Ils repartent lessivés, mais enrichis par une humanité violente qu'ils ont su maîtriser. Ailleurs, ils sèmeront à leur tour.

La plupart de nos jeunes s'en sortent très bien. Une partie récidive cependant. Le charisme de notre action, c'est de les suivre coûte que coûte dans l'abîme où sont plongés ceux qui ont pensé que votre portefeuille est leur banque, votre appartement un endroit à visiter et à piller et, parfois, votre corps un lieu à malmener si vous leur résistez...

Je les suis en prison, jusqu'au bout, et je les attends à la sortie.

Avant qu'il ne soit trop tard

Pour tenir, il me faut me ressourcer. Tous les dix jours, je passe deux jours chez les moines, dans le silence et la prière, pour trouver la force d'assumer cette violence qui frappe quotidiennement à ma porte. Je veille à ce que mes adjoints, vivant d'autres idéologies religieuses, puissent avoir aussi cette indispensable possibilité de ressourcement.

L'honneur de notre mission est d'arriver au moment où il faut, avant qu'il ne soit trop tard. Ce n'est pas de faire de loups des agneaux ! Mais de rendre buvables, dans la société où ils reviendront, ces jeunes éclatés, sans barrières. Ils garderont leur violence, mais maîtrisée, enfin. L'État nous aide trop misérablement pour que je puisse recevoir plus de six à huit jeunes par an – alors que, dans le même laps de temps, je reçois trois cents fax pour me confier des cas extrêmement difficiles ! –, jeunes qui resteront avec moi cinq ou sept ans, alors qu'auparavant ils avaient fugué de tous les centres où on les avait placés.

Je ne veux pas être le Charles de Gaulle de la délinquance. Une seule expérience en Haute-Provence me suffit. Soixante-neuf associations ont été créées à la suite de cette expérience de lieu de vie. Elles essaiment dans près de dix-huit nations. Nous ne sommes ni des exemples ni des modèles. Simplement des êtres humains. Nous pensons que ceux de nos enfants qui poussent mal et qui sont d'une faiblesse immense peuvent, au contact d'hommes et de femmes chaleureux, aimants, sachant leur dire «non», entrer dans la société et y trouver enfin leur place.

C'est bien, ce que vous faites !

J'ai horreur de cette phrase qui m'est souvent adressée : « C'est bien, ce que vous faites. » D'abord, le plus important, c'est ce qu'est un individu. Non ce qu'il fait. Ensuite, il y a dans cette phrase, si parfois je demande à la personne qui me l'a dite de l'expliciter, une connotation misérabiliste qui fait plus que me gêner.

La valorisation de ma tâche met en relief le côté moche de mes jeunes. En fait, cela veut dire : « Les pauvres petits, ils ont bien de la chance de vous avoir trouvé sur leur route. »

Et souvent, très souvent, arrive cette autre phrase implacable, issue du monde d'aujourd'hui qui exige des résultats performants : « Quel taux de réussite avez-vous ? »

J'enrage, mais je modère mes expressions, tenant compte de la pauvreté humaine de la personne qui m'interpelle.

Je réponds néanmoins ceci : « Le prêtre, l'homme que je suis, je le dois à ces "pauvres petits" qui me sont confiés. » Ces êtres perdus, abandonnés, jugés, je me dois de les rendre à la vie. Leur richesse intérieure est masquée par mille blessures qui les ont rendus agressifs, violents, désespérés, dangereux.

Mais découvrir chaque fois, derrière un amas de boue, cette part de cristal que je recherche désespérément, c'est un enchantement.

Ils m'ont rendu heureux, pétant d'espérance, direct, parfois grossier, toujours aimant.

Je refuse de donner un pourcentage de leur réussite sociale. Nous avons tous des critères bien particuliers, qui nous sont propres, en parlant de cette réussite-là. Et puis les parquer dans un pourcentage, c'est les enfermer un peu plus dans une des colonnes qui départagent les bons des méchants. Je laisse ce soin aux juges et aux policiers. Surtout aux politiciens qui adorent les statistiques sur la sécurité, afin de nous faire peur ou de nous endormir pour mieux nous promettre la lune.

J'accepte seulement de présenter un pourcentage qui, pour moi, révèle ce qui m'habite au plus profond : j'ai 100 % de réussite humaine ! Parce qu'aimer, porter, redresser, montrer la route, guider, c'est dire au jeune exclu : « Rien n'est jamais perdu ! Je serai là avec toi, jusqu'au bout, quoi qu'il arrive, quoi qu'il m'en coûte. Car Jésus-Christ sera toujours là. Sur cette terre, Il a toujours été, en priorité, du côté des perdants. »

Il ne me reste qu'à continuer à les suivre.

L'amitié indéfectible de la plupart d'entre eux me convainc de cette réussite-là.

La main du Christ

« Mets un cierge pour Céline », m'écrit régulièrement un prisonnier. Je le fais, comme il me le
demande. Tous les mois. Et pourtant le crime abo-
minable de cet assassin a défrayé la chronique de
tous les journaux.

Je me rappelle, comme si c'était hier, le moment
où je l'ai vu pour la première fois. L'horreur irré-
pressible de devoir serrer cette main tendue, à la
porte de sa cellule. La main de cet homme qui avait
violé, écrasé la tête d'une enfant de sept ans ! Oh oui !
j'en garde le souvenir.

« C'est celle du Christ », me répétais-je, avant de
la prendre comme celle d'un humain, d'un frère.
« Quoi qu'il ait fait, il est mon frère, à moi chrétien.
C'est la main du Christ. »

Il m'a fallu alors méditer longuement cette phrase
inspirée de l'Évangile : « L'homme est toujours plus
grand que son péché. » S'il a été une bête immonde
pendant quelques instants, il reste mon frère. Le langage chrétien permet de dépasser les actes les plus
horribles et je ne veux pas ajouter à la souffrance
une deuxième souffrance. La première souffrance

terrifiante est celle des parents qui subissent l'horreur. La deuxième est la haine invincible que je peux porter au criminel. Se nourrir de la haine de l'autre, c'est condamner l'humanité à un enfer.

Ce mec qui a fait ça a été une ordure, une pourriture, un salaud, mais il reste un être humain. Tout humain est capable de commettre des actes épouvantables. Nous avons tous en nous une part de bestialité. Et j'ajoute pour les partisans de la loi du talion que, si on arrache les couilles du bourreau, c'est à nous qu'on les arrachera ; si on le brûle à petit feu, c'est nous qu'on brûlera.

J'ai aimé ce qu'a dit bellement l'avocat de Guy Georges, ce *serial killer* psychopathe qui avait semé la mort et le sang sur son chemin : « Vous n'êtes pas né psychopathe, Guy Georges, vous l'êtes devenu par le fait des humains. Abandonné par vos parents, vous n'étiez rien. Adopté, vous n'étiez là encore rien. Alors, tout a dérapé pour vous. »

« C'est Céline qui t'aidera »

Revenons au meurtrier de Céline. Le pardon qu'on voudrait offrir au criminel, seule sa petite victime pourrait le lui accorder. En ce qui me concerne, je ne peux que tenter de demander à Dieu de faire miséricorde à celui qui a supprimé la vie, si moi je ne suis pas capable de lui donner mon pardon. Je n'oserai jamais dire à la famille : « Pardonnez au bourreau. » Seul Dieu peut donner cette capacité héroïque de pardonner et, je le redis, c'est du ressort de l'héroïsme chrétien.

Depuis huit ans, cet homme a fait un sacré chemin. Céline, au départ, le hantait. Cette fillette, dont il a massacré l'innocence avant de la tuer, il la porte désormais dans son cœur et sa prière.

« Elle te protège dans le calvaire que tu vis maintenant » est ma façon de lui dire la communion des saints.

Et Dieu sait si ce prisonnier connaît la croix, maintenant. Victime de plusieurs agressions en prison, il doit rester sur le qui-vive à chacune de ses sorties de cellule. Le cauchemar lui a été promis pour vingt-huit ans d'incarcération.

« C'est Céline qui t'aidera » est ma phrase rituelle dans nombre de mes lettres.

L'espérance, pour moi, est la part de cristal qui se trouve dans tout être humain ; c'est chercher, quoi qu'il m'en coûte, dans le pire d'entre nous, l'être de lumière que nous sommes tous. Cette société, malade de ses crimes sexuels qui se multiplient, a besoin d'aller en amont empêcher que des pulsions de mort se déclenchent chez des êtres, les guérir avant qu'il ne soit trop tard. Et, s'il est trop tard, tenter une ultime guérison qui consiste, pour moi, à les faire vivre, non en prison, mais dans des lieux où ils seront protégés définitivement de leurs pulsions. Mais séparés de l'innocence qu'ils massacrent d'instinct.

Nous devons d'abord sauver des êtres innocents et, pour cela, y mettre le prix. Je suis atterré de découvrir, à longueur d'année, les meurtres d'enfants commis par des récidivistes qui n'ont pas été suivis pied à pied par un thérapeute. La France est l'un des pays les plus en retard à ce niveau. S'il n'y a pas de suivi, l'État reste responsable des fauves humains qu'il relâche.

Nous sommes des aspirateurs…

… de merde. Des ramasseurs d'ordures. Des éboueurs à l'affût du portrait écorché de l'autre, du témoignage qui égratigne, du fait divers putride.

Nous cherchons toujours des poux… chez l'autre. Nous buvons du petit lait en constatant que notre prochain ne vaut pas la corde pour le pendre. Nous lui envoyons toujours un ou deux procureurs pour le charger.

Quant à nous, nous nous bardons d'avocats, le meilleur d'entre eux s'avérant être nous-même. Il a toujours la grâce de détecter le meilleur de nous, nos intentions pures comme une source, nos valeurs indiscutables et notre innocence jamais prise en défaut.

« Il exagère », pensez-vous en lisant ces lignes. Je me connais trop pour biffer le moindre mot de ce portrait qui est d'abord le mien, et qui ressemble étrangement au nôtre.

Il m'arrive parfois de rencontrer l'antiportrait de ce que je viens d'esquisser. C'est un miracle. Je contemple alors, dans cette perfection humaine, le trésor caché que je cherche depuis si longtemps à acquérir.

Quel combat journalier pour porter sur l'autre un regard neuf, un regard d'amour bienveillant !

Sans estomper ses défauts, quelle lutte pour chercher toujours chez l'autre l'être de lumière enfoui dans un magma peu alléchant, parfois repoussant ! Quelle joie de voir des yeux s'illuminer quand on repère la part de cristal dans un être et qu'on la lui révèle ! Quel chemin d'allégresse quand on découvre, au travers des sentiers escarpés longeant une terre aride, la prairie fraîche piquée de fleurs odoriférantes.

Sainte Thérèse de l'Enfant-Jésus a merveilleusement décrit le chemin de la charité parfaite. Il consiste d'abord à supporter les défauts des autres – le seul moyen étant de bien connaître les siens d'abord. « Ensuite, dit sainte Thérèse, s'étonner de leurs faiblesses. » Ce qui sous-entend un a priori favorable à l'autre, d'où notre étonnement quand on le découvre faible. « S'édifier des plus petits actes de vertu qu'on leur voit pratiquer », termine la petite sainte.

Elle conclut que ces trois points sont le secret de la charité parfaite.

Reprenons notre aspirateur, en récoltant, cette fois-ci, des brassées de fleurs dont le parfum embaumera notre entourage.

QUATRIÈME PARTIE

Pour élever un enfant

... il faut un village

Deux de nos jeunes de la Bergerie de Provence fuguent un après-midi et vont foutre le bordel au village : poubelles renversées et insultes gratinées à l'encontre d'une ancienne qui s'interpose. Rien que de très classique. Nos adolescents ne font que répéter ce qu'ils ont laborieusement appris dans leurs cités.

L'ancienne avertit aussitôt la mairesse... qui m'appelle, pensant que ces trublions ont dû s'échapper de notre antre. Elle a vu juste. On fonce récupérer les fouteurs de merde. Ils ont eu, comme pénitence, l'obligation de faire des excuses devant l'ancienne, outrée des noms d'oiseaux particulièrement fleuris dont nos jeunes l'avaient gratifiée. L'affaire est close. De notre côté, on sera encore plus vigilants.

Jean, notre veilleur à la permanence parisienne, sort prendre l'air. Le soir tombe. Deux jeunes saccagent scientifiquement les pancartes publicitaires du libraire d'à côté.

Jean leur demande d'arrêter ce vandalisme. Leur réponse est immédiate : insultes jusqu'à plus soif.

En prime, ils saisissent une barre de fer et frappent très violemment la jambe de celui qui a osé interrompre ce qu'on peut aimablement nommer leur « défoulement ». Puis ils s'enfuient tranquillement, conscients de leur parfaite impunité.

Avertir le maire du XIXe arrondissement ou retrouver les voyous est du domaine du rêve. Notre veilleur boitera quelques jours et peut-être s'abstiendra-t-il dorénavant d'émettre la moindre observation devant des jeunes qui « s'expriment » au vu et au su de tous.

J'aime beaucoup ce dicton africain : « Il faut un village pour élever un enfant. » Dans un village, tout le monde se connaît. Si on est vipérin, on dira « s'épie ». Si on est plus positif, on dira « veille au grain ». Pour que la civilité, qui est l'apanage d'une microsociété harmonieuse, permette à la population de vivre en paix. Un village garde encore l'art suprême du dialogue, du respect des règles. Un villageois avertira aussitôt qui de droit quand celles-ci sont enfreintes.

En ville, c'est quand tout bascule qu'on avertit. Il faut du sang. Un jeune qui a pris une balle dans la tête, un passant agressé qui appelle au secours, une vieille dame, la jambe cassée pour avoir voulu conserver son sac.

Et, là encore, on ne se précipite pas pour sauver ce qui peut l'être. Derrière les persiennes fermées, on appelle la police. Ce qui n'est déjà pas si mal. Retrouver des témoins est, en revanche, pour les policiers, un parcours du combattant de plus en plus *hard*. Surtout ne pas se mouiller. Bien sûr, crier haut et fort : « Mais que fait la police ? » Et, en période électorale, voter pour l'élu qui saura le mieux marteler que l'insécurité est le problème numéro 1 des Français !

Certes, la grande ville pond de plus en plus de jeunes et d'adultes tueurs ou agresseurs. Mais à quoi ressemblons-nous, nous adultes, « témoins » passifs, qui renforçons serrures et systèmes de sécurité et qui nous apercevons un jour, époustouflés, que la vieille dame du palier est morte depuis six mois ?

Pour une cigarette refusée

Pour un marché de dupes, pour une insulte, pour une cigarette refusée, pour un regard qui s'attarde de façon désobligeante (selon le tueur), la balle part, le couteau entre dans les chairs. Nous sommes épouvantés. Eux, les tueurs, ne semblent pas regretter leurs actes. Ils vivent une logique à des années-lumière de la nôtre.

Ils appartiennent à un quartier dont les lois ne sont pas celles de notre République. Ils ont leurs codes, leur morale et leur langue. Ils se sont approprié un territoire hors de notre mode de socialisation. Nos normes, ils les rejettent. Le plus fort fait la loi. Le plus faible suit.

Ils défendent leur quartier. C'est la seule chose qu'ils connaissent et qui les valorise. Les adultes en sont absents. La police y est méprisée parce qu'elle ne leur paraît pas être une garante neutre de l'ordre.

Notre justice, ils s'en tapent. Ils ont la leur.

La prison ne sera alors qu'un signe de valorisation dans leur propre monde. Ils fuient le nôtre et peu d'entre nous osent s'aventurer dans leur jungle.

Passons sur la responsabilité des hommes politiques. Les «affaires» apportent à nos jeunes le vent putride des milliards volés, brassés, offerts, détournés. Leurs vols, casses ou cambriolages ne sont à leurs yeux que peccadilles. «Ils se servent. Nous aussi», proclament-ils. Ils savent seulement que, lorsque la justice frappera, ils n'auront, eux, qu'un avocat commis d'office.

Ils viennent d'inaugurer, depuis peu, des virées en masse qui n'ont rien à voir avec la convivialité d'une bande partant faire la fête. Allez vérifier, les samedis soir, les départs de certains trains de banlieue se dirigeant vers Paris. «Trains gratuits», ont-ils décidé. Malheur au contrôleur qui aurait l'audace de demander à voir un billet! Il se ferait probablement lyncher. Pour simplifier, les contrôleurs ont décidé de fermer les yeux. Le train bondé peut donc partir pour des réjouissances parisiennes aux frais de la SNCF.

Une défaite récente de la République doit être citée pour mieux comprendre où l'on navigue aujourd'hui. Ils n'étaient que trois cents jeunes (excusez du peu) à s'affronter dans ce haut lieu qu'est la Défense. Pistolets, battes de base-ball, couteaux, la panoplie guerrière emplissait leurs poches. Ils s'affrontaient donc dans un lieu public, au milieu de multiples passants, pour régler un différend issu de leurs quartiers respectifs.

Un seul a été arrêté et mis en examen. Les autres ont beaucoup ri. C'est un appel certain à recommencer.

Et, si possible, un peu plus nombreux.

Un citoyen allié

La première transgression, si elle n'est pas sanctionnée, n'est jamais oubliée par un jeune. Multirécidiviste, il aura toutes les peines du monde à comprendre qu'une sanction arrive et le frappe. Il sera allé crescendo dans les délits, en toute impunité. Quand un délit grave ou gravissime stoppe un jeune engagé dans la délinquance, il est déjà trop tard pour qu'il comprenne vraiment la portée de son acte. On considère trop, en France, que la première faute n'est pas importante. Or c'est la première sanction qui compte.

Abaisser l'âge de la majorité pénale pour réagir à la première transgression me semblerait juste et serait un signal fort.

Seul le mélange répression-prévention-éducation-dissuasion me semble avoir quelque succès.

La répression, ce n'est pas envoyer mille policiers supplémentaires comme l'a fait, il y a peu, notre Premier ministre. Jacques ayant claironné haut et fort que les Français avaient peur, Lionel ne pouvait faire moins (cohabitation oblige) que d'envoyer mille pandores de plus pour nous tranquilliser.

Quand on sait qu'il existe à peu près mille villes sensibles, en matière de délinquance des jeunes, on imagine tout de suite ce qu'un policier de plus par ville a de rassurant pour les Français !

Des policiers nombreux, courtois, respectueux, nantis d'un bon professionnalisme et bien formés, nous donneraient l'image d'une police proche et ferme, voire amicale. Son rapport avec les jeunes est déterminant. Verbaliser le premier délit, saisir immédiatement tout véhicule ou moto pétaradant, interpeller tout jeune franchissant sans payer les tourniquets de métro, etc., serait exemplaire.

Si chaque citoyen s'avérait être un allié pour empêcher l'expansion des conduites illégales, ce serait signifiant. Pour cela, il me semble essentiel de susciter une prise de conscience et, par là, une nouvelle attitude de la part des Français face aux multiples délits dont ils sont les témoins passifs.

Une campagne médiatique, forte et éclairée, pourrait nous sortir d'une torpeur qui est à la limite de la complicité.

Former de nombreux adultes capables de dialoguer avec les jeunes et revoir le rôle des assistants sociaux sont deux missions urgentes. De plus en plus d'éducateurs refusent de travailler dans les quartiers difficiles.

Les emmerdeurs et les pas cons

J'allais dernièrement à la rencontre d'élèves de deux écoles situées dans la même ville. La première, très cotée, était dans un quartier favorisé. Discipline stricte. Jeunes plutôt bien dans leur peau. Familles aisées. Profs heureux.

Dans la deuxième, c'était l'enfer. Les jeunes, issus de quartiers défavorisés, s'en donnaient à cœur joie pour exprimer leur mal de vivre. « Va chier » était la réponse rituelle des têtes blondes au salut matinal du prof. Quant au travail, parlons plutôt de bordel organisé… par les jeunes évidemment. Profs dépressifs. Absentéisme généralisé. Résultats scolaires minables. Jeunes un peu plus paumés encore et adultes démotivés.

Si les jeunes qui nous emmerdent sont majoritairement rassemblés dans les mêmes écoles, et les pas cons, pas chiants, regroupés dans d'autres, on cantonne les uns et les autres à un avenir tracé d'avance. Les uns seront la chance de notre pays. Les autres en seront la honte.

Une mixité sociale dans les écoles tempérerait l'arrogance destructive des perturbateurs et les aiderait à se construire. Il faudrait pour cela quelque audace de la part de nos dirigeants et des moyens importants pour qu'une morale laïque forte soit prêchée et appliquée dès le plus jeune âge.

C'est le rôle prioritaire et éminent de toute école, cette dernière étant le relais indispensable d'une éducation civique rigoureuse, qui est avant tout du ressort de la famille.

Les parents sont-ils démissionnaires?

Facile de taper toujours sur les familles. Plus difficile de fouiller un peu dans notre passé et de se souvenir de notre vécu. Nos grands-parents transmettaient leurs valeurs à nos parents. À leur tour, ces derniers nous en faisaient part. Sans discussion possible. On faisait le bien qu'on nous disait de faire. On évitait le mal qu'on nous désignait du doigt.

Ajoutons à ces valeurs morales d'autres valeurs, spirituelles, fortes, qui pouvaient nous tremper dans l'acier.

Les jeunes, aujourd'hui, ont de multiples autres références qui ne sont pas toutes détestables, loin de là. Elles sont autres, différentes.

D'où la bataille rangée à la maison sitôt qu'on veut en discuter. Aux parents, alors, de s'armer d'un casque de combat et d'une panoplie guerrière adéquate pour se préparer aux assauts répétés de leurs petits qui vérifient et passent tout au crible. Aux «J'ai vu à la télé…», «Ma maîtresse m'a dit…», s'ajoutent les messages que films et musique leur inoculent, sans oublier Internet qui est, pour certains de nos jeunes, le fin du fin de l'information et de la découverte.

Discuter, palabrer, approuver, contester est le lot des parents d'aujourd'hui. Il faut du temps pour ce combat-là. Beaucoup de temps. Les parents restent au hit-parade de l'éducation dès que l'enfant apparaît.

S'ils ne s'en soucient pas, alors leurs enfants pousseront seuls, sans racines vitales, et seront en plein désarroi.

Rester présent

Si les parents ont le temps, et surtout s'ils le prennent, l'enfant sera riche d'une époque ouverte à tous les vents culturels, moraux et spirituels. Les dérives dangereuses, patiemment montrées du doigt, leur indiqueront, dès leur plus jeune âge, qu'on ne peut pas tout vivre ni tout faire. Et que certaines expériences sont à proscrire à l'adolescence.

C'est là que se situe le combat des parents d'aujourd'hui.

Heureux le couple qui n'a pas peur de refuser de grimper dans l'échelle sociale, de renoncer à un salaire plus important… pour rester présent.

Terrible, ce témoignage d'un père de famille découvrant au commissariat que son fils de dix-sept ans « dealait » depuis deux ans. À sa barbe et sans qu'il s'en doute. Maire d'une petite commune, infirmier, agent de pastorale chrétien, il était dévoré par ses jobs et « apercevait » son fils de temps en temps. Le môme ne manquait évidemment pas de confort, et encore moins d'argent.

Le père a quitté immédiatement les fonctions bénévoles qui le dévoraient. Tout pouvait encore être sauvé. Le père et la mère ont demandé pardon à leur adolescent et l'ont remis sur la route où ils l'avaient laissé, seul.

Je revois son grand fils, ingénieur aujourd'hui.

Le temps fait de présence, c'est de l'amour jamais perdu.

Retrouver le sens animal

Je garde toujours le souvenir de Patrick, un jeune paumé que je trouvai un jour, couché à plat ventre, en arrivant dans ma permanence. Il regardait les sept chiots sortir du ventre de Vagabonde, ma chienne. Après avoir, à ses côtés, contemplé l'animal léchant interminablement ses petits, je l'entends encore me décocher : « Jamais ma mère ne m'a embrassé ni caressé. »

Même en difficulté, les familles ont des ressources pour réagir, stopper les dérives, revigorer, sans forcément recourir tout de suite à un spécialiste. À condition d'être là pour détecter les signes imperceptibles qui mettent en alerte une attitude louche, un enfermement sur soi. Combien de parents m'ont décrit, après l'enterrement de leur gosse suicidé, les multiples signes avant-coureurs d'un tel drame.

Trop préoccupés par leur divorce, leur travail ou simplement lassés de discuter, ils sont assommés par le suicide de leur enfant. Ils n'ont pas eu, ou pris, le temps de s'apercevoir que leur gosse appelait à l'aide. Parfois, il est vrai, il n'y a aucun signe prémonitoire. Mais c'est plus rare. Et c'est toujours terrible.

Les éducateurs et les assistantes sociales sont d'excellents relais auprès des familles. Extérieurs au nid, ils voient souvent juste et bien.

Les surveillants de prison, s'ils ne sont pas débordés, peuvent être aussi des relais de belle importance. La prison aurait au moins cette qualité qui lui fait tant défaut : aider à faire réfléchir. Profiter de cette halte-sanction pour responsabiliser le coupable et le rendre un peu plus neuf à la sortie.

J'ai proposé plusieurs fois de faire des réunions de pères de famille. Souvent paumés, ils ont besoin de se retrouver pour éclairer leur route face aux ados qu'ils ne comprennent pas.

Quant au divorce, cette plaie aussi béante que banalisée, on ne dira jamais assez les ravages qu'il cause. Là aussi, des médiateurs peuvent atténuer les dissensions, faire retrouver la route aux parents eux-mêmes égarés et éviter l'irréparable.

L'amour qui n'a pas été donné

J'ai assez aimé le colloque international qui réunissait, à l'Unesco, de nombreux chercheurs travaillant sur la violence scolaire. C'était en mars 2001 à Paris. Chaque pays apportait ses statistiques en «chiffres noirs».

Les uns mettaient en avant le «harcèlement entre élèves». Les autres, les «incivilités». D'autres encore ciblaient les «jeunes à risques».

Mais, habituellement, la violence scolaire ne naît pas à l'école. Elle dépend souvent, en premier lieu, de ce qui se vit à la maison. Ce gosse que je connais, terreur de ses copains qu'il rackette avec une audace rare, n'est-il pas le portrait craché de son père qui, chaque soir, sème la terreur en rentrant chez lui et bat régulièrement sa femme?

À chacun son terrain.

Il me l'a dit un jour: «À la maison, c'est le plus fort qui gagne. Pour l'instant, c'est mon père.» En attendant, c'est lui qui gagne à l'école.

Un ado, que je suis depuis peu, ne peut s'empêcher de vandaliser les cabines téléphoniques. Il m'a confié un jour : « Je n'ai personne à appeler et à qui parler. »

La relation des Français avec leur jeunesse est aujourd'hui une matière à débat fondamental. On peut toujours décrire les jeunes comme un continent mystérieux, fascinant. Laissons-leur la parole d'abord. Confrontons-nous à eux. N'ayons aucune peur d'eux.

La période que nous vivons est celle d'une grande transformation. Une transformation par le bas, au ras des pâquerettes, pour les jeunes d'aujourd'hui, surtout ceux à risques.

N'ayons aucune peur du mot « répression », qui se lie fort harmonieusement avec « dissuasion », « prévention » et « éducation ».

Il s'agit de les aider à grimper vers le haut.

C'est ma tâche et celle de mes équipiers. Si la question de Dieu me passionne absolument, ce qui se loge au cœur des adolescents dont j'ai la charge est aussi passionnant. Il y a un lien intime entre ces deux passions. Je ne peux séparer mon engagement de chrétien de celui d'éducateur.

Sachant que l'Amour est le ressort essentiel de ces deux passions, je m'essaie à ne pas gaspiller le temps qui nous est donné pour aimer.

Il est difficile de rattraper l'amour qu'on n'a pas donné à nos enfants. Ce moment, unique et fabuleux à la fois, où ils sont installés dans le nid, est un temps inestimable pour l'éducation.

Personne ne pourra mieux donner et entretenir cet amour que les parents. Élever un enfant est une grâce et un privilège. C'est de plus en plus un combat.

Parents, soyez en première ligne les combattants de l'Amour.

Des phrases qui blessent ou tuent

Il est des phrases pernicieuses, colportées partout en toute innocence.

Pourtant, ces phrases-là peuvent blesser ou tuer. Elles semblent affirmer une vérité définitive. Mais elles n'en ébauchent qu'une partie. Parfois même, elles expriment des contre-vérités.

« Il vaut mieux divorcer que de s'engueuler à longueur de journée. » Ce dicton fort populaire est blessant. Parce qu'il biffe la possibilité de chercher le chemin, parfois difficile, pour retrouver une stabilité conjugale écorchée.

Les conseillers conjugaux pullulent. L'Église, de son côté, s'affaire de plus en plus à réconcilier, à unir quand les routes de l'amour se disjoignent ou se chevauchent dans un labyrinthe parfois inextricable.

Facile, finalement, de se séparer dès que l'orage s'annonce ou éclate. Plus difficile de prendre de la distance, de faire les petits pas de la réconciliation qui peuvent sauver le couple et les enfants.

Je me reproche moi-même une phrase blessante que j'ai parfois écrite sans nuance ou prononcée à la va-vite. « Quand, enfant et adolescent, on n'a pas été aimé, on a peu de chances d'apprendre à aimer plus tard et à s'aimer soi-même. »

Cette phrase peut faire très mal car elle biffe tout environnement chaleureux, toute relation amicale forte qui, dans un désert affectif familial, sauve l'amour de soi et donne l'aptitude à aimer.

Certaines lettres, reçues après des conférences, m'ont appris que des personnes se sont senties laminées par ce raccourci imprudent et inexact.

Une autre phrase, terrible et tueuse à la fois : « Tu ne changeras jamais. » Dans mon métier d'éducateur, j'ai malheureusement vérifié le côté ravageur, à eux seuls, de ces quatre mots !

Dire devant une classe qu'un jeune est un cancre définitif en telle matière, c'est le condamner à s'identifier à cette observation. Donc, le pousser à ne plus rien faire…

Un juge peut tuer, dans un tribunal, le récidiviste en le qualifiant d'« irrécupérable ». Aucune espérance possible n'est offerte. C'est ravageant pour l'accusé !

Dire à son gosse fragile ou à son conjoint : « Tu ne changeras jamais », c'est parfois stopper toute forme de changement ou d'évolution. Cela peut être suicidaire pour celui qui incube en silence cette phrase.

La miséricorde infinie de Dieu nous appelle à ne jamais désespérer de l'Espérance.

Nous en savons toutes et tous quelque chose quand nous bûchons, depuis tant d'années, les défauts dont nous avons prix conscience. Parfois, depuis que nous sommes tout petits.

Seul le regard bienveillant de celles et ceux qui nous connaissent nous appelle à ne pas désespérer de nous-même.

Dieu fait le reste.

Deux ministres indispensables

Minuscule silhouette, yeux fuyants, teint pâle, l'adolescent en face de moi triture son pantalon. C'est notre premier entretien. L'éducatrice qui l'accompagne veut qu'il me parle de son récent délit. Il hésite. Et puis, l'air apeuré, il sort d'un seul coup : « J'ai planté un camarade de classe avec un couteau. Il m'avait mal parlé. »

Il n'a pas encore treize ans. À quelques semaines près, il a échappé à la prison. Impossible d'incarcérer, quel que soit le délit, un adolescent de moins de treize ans.

Aucun centre de jeunes ne le veut. Trop dangereux.

Après un long moment, il sort de son angoisse quand il me parle de sa passion des chevaux. Pour le reste, il semble être hors de la planète des humains.

C'est d'accord ! Je ferai à la Bergerie un bout de chemin avec lui.

Je le regarde partir. Il a de nouveau un sourire d'enfant. Il vient de savoir que son délit n'est pas insurmontable, mais il ignore le parcours du combattant qui commence. Pour nous deux. Il se perd dans la nuit de la rue en attendant son départ pour la Bergerie.

Je ne peux m'habituer à cette violence nouvelle qui frappe à ma porte. Depuis trente ans, dans ma permanence parisienne, combien de jeunes violents, agressifs j'ai reçus ! Si jeunes et passant aux actes… C'est un motif de grande inquiétude qui provoque l'étonnement et un abîme de réflexion chez maints assistants sociaux et professeurs.

On n'a pas su voir venir cette vague de violence qui descend dans l'échelle des âges. Mais on l'a manifestement longuement préparée. Il ne faudrait pas qu'elle nous submerge.

Il est permis d'interdire

Les réflexions sont multiples face à ce phénomène de société auquel les médias donnent une ampleur qui n'est pas toujours saine. Le fameux « Il est interdit d'interdire » de Mai 68 balaye deux générations. Avec le risque majeur de voir nos petits, issus de cette maxime pernicieuse, pousser sans foi ni loi.

Revendiquant leurs droits.

Biffant leurs devoirs.

Les pères sont de plus en plus absents. C'est l'homme pourtant qui montre la loi, la fait appliquer et ne doit pas avoir peur de dire « non » à l'enfant ou à l'adolescent rebelle.

Si le père est absent ou indifférent, la mère se débattra comme elle le pourra.

Mon père, dans ma fratrie de quatorze frères et sœurs, donnait les codes de conduite. Ma mère les acceptait mais les tempérait par sa miséricorde. Mon père, c'était la loi. Tout se jouait à la maison dans une dynamique où, si notre père était craint, notre mère jouait le rôle de tampon. Tout couple se doit d'endosser ce double rôle : l'un ministre de l'Intérieur, l'autre ministre de la Miséricorde. Deux ministères indispensables de la cellule familiale.

Le ministre de l'Éducation vient de décider d'envoyer des policiers dans certaines écoles, ainsi que de jeunes adultes, pour colmater les brèches de la violence scolaire. Soit ! Mais, dès la maternelle, apprendre à nos chérubins que le respect est le plus beau nom de l'amour est le meilleur antidote à la violence juvénile.

Ma mère et ses mésanges

« Regarde mes mésanges ! » dit ma mère, le visage radieux. Assise sur son fauteuil roulant, elle pointe son doigt déformé par l'arthrose vers un petit panier suspendu renfermant des graines dont raffolent ces oiseaux.

L'un d'entre eux, quand ma mère était encore valide, la suivait tout autour de la maison au moment où elle refermait, le soir venu, portes et fenêtres.

C'est pour ses mésanges, et pour bien d'autres choses, que nous avons tenu, mes quatorze frères et sœurs et moi-même, à ce qu'elle reste dans sa maison.

De multiples opérations et, depuis deux ans, une paralysie du côté droit ne nous ont pas démobilisés. « Elle restera jusqu'au bout dans la maison de notre enfance où son cœur et celui de notre père nous ont donné tant d'amour. » Telle est notre volonté.

Faut-il payer les personnes qui s'occupent d'elle jour et nuit ? Qu'à cela ne tienne. Nos parents ont donné tout ce qu'ils avaient aux quinze oisillons que nous étions. Pauvres ils étaient. Mais fabuleusement riches de leur amour…

Je suis seul avec elle pour fêter mes trente-six ans de sacerdoce. Quelle joie, cette intimité ! Ses quatre-vingt-neuf ans n'ont en rien altéré son rire qui fuse de temps à autre.

Lui rappeler mes souvenirs d'enfant la ravit. Mes espiègleries d'antan, elle se les remémore comme si elles jaillissaient d'un passé tout récent. Elle a ce talent rare de ne se rappeler que les bons moments. Ceux, lumineux, qui donnent au moment présent la bonne odeur du pain qui sort du four. Et pourtant, quelles souffrances elle endure ! Les « veilleuses » qui l'assistent sont impressionnées par cette femme âgée qui va de son lit à la table de la cuisine, sans jamais se plaindre.

Certains de mes frères et sœurs viennent, de week-end en week-end, pour être là, auprès d'elle. Quelques-uns traversent régulièrement toute la France pour ne pas manquer ce rendez-vous de la piété filiale.

« Tes père et mère honoreras », dit la Bible. Nous tentons de le vivre, bellement, rudement. Chacun à notre façon.

Pour terminer, cette parabole des temps modernes apte à dynamiser tant de familles déchirées par des affaires sordides de terrains et de signatures notariales refusées ou retardées. Ma mère a voulu vendre un petit terrain attenant à sa maison. Il fallait, pour cela, nos quinze signatures. En quinze jours, ma mère a récolté nos griffes d'en-

fants-adultes qui se baignent toujours dans ses yeux
d'amour.

«Comme vous devez vous aimer», a commenté
le notaire, étonné et touché.

«Fais ton devoir»

Parents, ne prononcez jamais sans ménagement le mot «devoir» devant vos adolescents. Vous risqueriez de les voir s'enfermer dans un mutisme alarmant ou tomber en syncope. Pire! Frôler la dépression nerveuse...

En revanche, si vous leur parlez de leurs droits, alors le visage de vos chérubins s'illuminera. Tout leur étant dû, selon eux, et leurs droits s'avérant sans limites, ce sujet ne peut que les rendre intarissables.

Trêve de plaisanterie, fouillons ce mot «devoir», qui traumatise tant les jeunes d'aujourd'hui.

«Faire ce que l'on doit faire» est une aventure humaine prodigieuse. Parce qu'elle est d'abord ceinturée dans vingt-quatre heures. Impossible d'échapper à ce temps si minuscule. Pourtant, c'est un espace riche de mille gestes.

Si on s'attache à bien les remplir, nos journées seront réellement porteuses d'espérance, grâce au courage déployé pour accomplir le mieux possible notre labeur quotidien.

Repousser à demain ce qu'on a envisagé de faire aujourd'hui est toujours source de faiblesse et de lassitude. En rejetant dans l'avenir ce qu'on a projeté de faire dans le temps présent, on ne construit qu'une personnalité bancale. Parce qu'on tente de rattraper sans cesse son manque de rigueur.

Les jeunes qui me sont confiés sont de ce point de vue particulièrement atrophiés. J'admire toujours la patience angélique de mes équipiers dans leur côte-à-côte avec la meute loubarde.

Les premiers jours, nos jeunes accomplissent sans rien dire ce qui leur est demandé. Puis ça coince très vite. Les « J'ai pas envie » (pour tout), « C'est fatigant » (pour les travaux de la ferme), « C'est toujours la même chose » (pour la vaisselle notamment) sont l'occasion de batailles rangées quotidiennes.

Bizarrement… l'heure de la soupe et des loisirs rassemble sans discussion nos loubards !

Arrivés à treize ans en moyenne dans notre nid provençal, ils montrent aussitôt combien leur manque total de rigueur est dû à une éducation sabordée où ils ont poussé comme des « sauvageons », selon l'expression bucolique de notre ex-ministre de l'Intérieur.

Jamais je ne remercierai assez mes maîtres de s'être acharnés à nous montrer la voie du devoir. Voie exigeante, dure, mais finalement royale. Le devoir accompli rend maître de soi et libre au-delà de l'imaginable.

De plus, le croyant aura la conscience très forte d'accomplir, en fonction de ses dons, ce que Dieu veut pour lui.

Allez, parents, décrochez votre tenue de combat et apprenez à vos petits, jour après jour, la beauté du devoir à accomplir !

Certes, vous allez en baver.

Mais c'est la condition pour faire d'eux des êtres libres.

Relais d'espérance

Le clin d'œil du commandant de bord était significatif : « Je m'occupe de votre gars, mon père. Qu'il
vienne me rejoindre après le décollage. »

De sa cellule de Fleury-Mérogis à l'aéroport, puis
dans la cabine de pilotage du Boeing, deux heures
ne s'étaient pas écoulées.

« Je le garde pour l'atterrissage », ajoute le commandant.

Privilège rarissime.

Sur la route vers la Bergerie, Marco, ébloui, n'ar-
rêtait pas de me décrire la cabine et sa multitude
d'instruments et de lumières. Je me réjouissais de
ce super-coup de main du pilote. Le visage fermé
du jeune à sa sortie de la prison s'ouvrait grâce à ce
geste précieux.

Un autre adolescent, Jeannot, avait été projeté
de sa moto. Sa jambe avait été broyée. J'allais
presque chaque jour le voir sur son lit d'hôpital.
Son vécu d'enfant et d'adolescent avait été atroce,
son besoin d'être aimé et reconnu était égal au
manque subi. Il appelait souvent les infirmières. Pas

pour des soins. Pour discuter. Elles avaient deviné
sa souffrance. Une nuit où je lui rendais visite, je
le retrouvai entouré d'une dizaine d'infirmières.
Rayonnant, Jeannot trônait sur son lit entouré de
l'aréopage soignant. Leur souci d'être présentes à
sa détresse a fait beaucoup durant ses semaines
d'hospitalisation.

J'ai également toujours admiré la qualité relationnelle de certains barmen vis-à-vis de mes las-
cars. Ces lieux de vie que sont les bars restent, pour
des jeunes loubards, des « lieux de bruit » qu'ils
apprécient. L'alcool aidant, ils n'en font pas un
espace d'harmonie.

Un barman cool, fort et doté d'une attention vigi-
lante, saura éviter les dérapages toujours possibles.
Les jeunes aiment cette présence éducative et gratuite dans le seul refuge qui leur reste.

Enfin, les familles d'accueil sont pour moi des
combattants de l'Amour inestimables. Pour nos
jeunes sortis du cocon de la Bergerie de Provence,
atterrir d'un seul coup dans l'univers d'une famille
aimante n'est pas évident. Surtout quand la « trépi-
dance » du jeune fait qu'il doit changer plusieurs fois
de famille.

Celle qui, enfin, lui conviendra doit l'achemi-
ner vers son indépendance. Un couple fort et aimant
donne à nos jeunes la possibilité de croire que
l'amour, ça existe. Ils ne l'imaginaient pas hors de
notre équipe.

Les portes et le cœur ouverts de ces fous d'amour acheminent vers l'espérance. Éducateurs vivant au cœur de ce monde de désespérance, nous serions bien seuls sans ces multiples relais qui projettent les mal-aimés dans une civilisation de l'amour où nous devons tous être partie prenante.

Le sexe : « viande » ou « don » ?

L'homme d'Église que je suis, à chaque rencontre avec des jeunes, a droit à la question traitant de la capote.

Je réponds ainsi : « Jeunes, quand vous voulez faire l'amour, prenez un sac à dos ! Pensez à apporter une ou plusieurs capotes. Quant à vous, les filles, n'oubliez pas la pilule d'"'avant". Si possible, munissez-vous d'un stérilet. Et pensez également à l'avenir immédiat, juste après l'acte. Si les premiers objets cités ne sont pas performants, si vous les avez oubliés, la pilule d'"'après" est là pour vous aider.

« Moyennant quoi, vous avez toutes les chances, si vous n'avez rien oublié de la panoplie parfaite de l'athlète de l'"'amour sans risques", de passer un bon moment ensemble. »

Quand je réponds ainsi, sans hésiter et avec humour, à la question sur ma position vis-à-vis de la capote, nos jeunes s'esclaffent. Aux adultes, je conseille en plus le Viagra pour hommes et celui des femmes qui va sortir en pharmacie.

À ceux d'entre eux pour qui le sexe n'est que de la « viande » et le (ou la) partenaire un objet à jeter après manutention, il est bon et souhaitable de rappeler ces conseils.

Après avoir décrypté chaque objet du sac à dos érotique, j'en viens à la maîtrise, à la discipline du sexe. C'est la seule partie qui est écoutée poliment. Sans plus. Elle n'offre en effet aux jeunes d'aujourd'hui qu'un intérêt dérisoire parce que le plus souvent inatteignable.

J'achète régulièrement, pour ma part, des capotes anglaises, ce qui fait dire chaque fois à mon pharmacien qui a de l'humour : « Vous êtes une bombe sexuelle, monsieur l'abbé ! » Je les distribue à nos ados, qui, chauds lapins, sont totalement ignorants, quand ils sont en chaleur, du chemin qui conduit à la pharmacie la plus proche ou aux distributeurs qui, pourtant, se multiplient.

Les risques qu'ils encourent sont énormes. Leurs partenaires sont, en effet, aussi vagabonds qu'eux sexuellement. Je les exhorte à passer des tests. Ils les repoussent souvent. Pétant la forme, ils ne se rendent absolument pas compte de leur possible séropositivité ou de l'éventuelle contamination de leur partenaire.

Le premier commandement

Le sida, sa transmission et sa prévention ne sont pas d'abord des affaires de religion, mais de vie et de mort. Si une personne ne veut ou ne peut changer de comportement sexuel, on doit fermement lui conseiller d'utiliser des préservatifs.

Un homme de religion, *a fortiori*, a ce devoir. Nous avons, chrétiens, un premier commandement qui nous dit : « Tu ne tueras pas. » Si nous, prêtres ou évêques, ne le disons pas à celles et ceux qui se comportent en transmetteurs de mort, nous sommes gravement coupables.

Une partie des évêques de France a admis, il y a deux ou trois ans, que la capote était nécessaire, mais pas « suffisante ». Gros progrès de l'Église catholique qui est restée particulièrement coincée, durant des années, sur ce sujet.

Trente-quatre millions de personnes sont infectées par le sida dans le monde. Dont vingt-cinq millions en Afrique : 20 % de la population d'Afrique du Sud est séropositive. Au Botswana, c'est 36 % de la population adulte qui est touchée. Dans ce dernier pays, l'espérance de vie s'est effondrée à vingt-neuf ans !

Je recevais dans la Bergerie de Faucon, l'été dernier, un groupe d'Africains dont l'animateur chrétien s'occupait des malades du sida. « Ils meurent doucement ou très vite, me disait-il. Il leur faut l'équivalent d'un mois de travail pour se soigner une journée. J'assiste à une hécatombe sans rien pouvoir faire. Trop pauvres. Aucun de mes malades n'a les moyens de se soigner. »

« Les malades sont au Sud, les médicaments sont au Nord », disait récemment, dans une formule sans appel, Bernard Kouchner. Les choses évoluent, heureusement. À ce propos, l'attitude de profit qui caractérise les dirigeants des grands trusts pharmaceutiques est criminelle. Ils devraient être inculpés de génocide.

En France, la prise en charge des malades du sida est gratuite. Il faut le dire et le répéter à celles et ceux qui sont atteints de cette maladie. La trithérapie est le seul moyen de stopper la maladie. Pas de la guérir. Mais elle donne une échéance de vie de plus en plus longue.

Puisse le vaccin être là au plus vite pour stopper cette hécatombe qui s'amplifie de jour en jour ! Le devoir de prévention est énorme. Face à ce chancre démoniaque, il ne faut jamais baisser sa garde.

Il semble que, depuis vingt ans, après un formidable battage pour mettre en garde contre le sida, les médias aient pensé que tout était dit et que c'était suffisant. Las ! Les statistiques des contaminés remontent de façon alarmante.

Les jeunes d'aujourd'hui et la sexualité

Ils disent tout savoir sur le sexe. J'ai toujours beaucoup de joie à les entendre en parler. En groupe, ils sont « torrent » sur leurs prestations. Et « filet d'eau » dans le privé !

Ils préfèrent en parler entre jeunes plutôt qu'avec leurs parents ou leurs professeurs. Par contre, face à un adulte à la parole très libre, ils attaquent très vite de front ce sujet qui les brûle.

« Fais-tu l'amour ? » ou « L'as-tu fait ? » sont les questions rituelles qui me sont posées…

Avant de répondre, je demande au curieux, toujours publiquement, son type de sexualité et sa position préférée dans le plumard.

Du coup, le questionneur ne sait plus où se mettre. Je lui sauve la face en lui disant qu'on n'étale pas ainsi son sexe devant tout le monde. Et que, s'il est un jardin secret chez les humains, c'est bien ce domaine qui perd tout son mystère quand il est jeté en pâture.

S'ensuit alors un dialogue toujours passionnant. On passe de la prévention à l'avortement. C'est un de mes plus grands plaisirs, dans mes conférences, de parler de la préparation pour s'aimer, de la grandeur du sexe-don, de la fidélité conjugale ou du célibat accepté.

Le silence alors est immense. C'est très révélateur.

Les adolescents d'aujourd'hui sont à la fois beaucoup mieux et beaucoup plus mal préparés à vivre leur sexualité.

Les médias accordent une attention accrue au respect sacré de l'enfance et de l'adolescence – et c'est tant mieux ! – mais, paradoxalement, dans une démarche schizophrénique, ces mêmes médias affirment haut et fort que tout est permis dans le domaine sexuel.

Il est de plus en plus intenable de défendre l'innocence enfantine et adolescente et, en même temps, de l'agresser sexuellement, sous les formes les plus déguisées : pubs, émissions de radio, films, affaiblissant ce qu'a de beau et de sublime une sexualité-don, non uniquement fondée sur la recherche du plaisir.

Étonnez-vous ensuite que le mot « viol » se dise « tournante » chez nos jeunes mâles. Car on ne viole plus une fille à plusieurs, mais on la fait « tourner » de l'un à l'autre. Une activité ludique comme une autre où tout le plaisir reste pour les garçons. Quant à la fille qui s'est bel et bien fait violer, elle risque de garder à jamais, au plus profond d'elle-même, ce qu'une « tournante » a saccagé.

À l'école et dans maintes aumôneries, on prépare de plus en plus nos jeunes par l'éducation sexuelle et affective. C'est un très beau et patient travail d'éducation que j'admire beaucoup. Mais, étant donné les films qu'ils regardent, certaines émissions de radio qu'ils écoutent, les valeurs familiales, morales ou religieuses ne coïncident plus, quand elles ne s'opposent pas totalement à ce qui leur a été transmis de malsain, voire de putride. Sans compter certains parents – et j'en connais – qui pensent initier leurs gosses à l'aide de cassettes pornographiques !

La majorité des jeunes ira forcément vers le plus immédiat, le plus facile : le plaisir, l'infidélité.

Dans ce moment très riche de leur vie, notre responsabilité et celle des pouvoirs publics sont dans la présentation qu'on leur fait du mystère de la sexualité.

Jeunes en danger

Deux jeunes garçons de sept ans ont été récemment victimes de trois adolescents âgés de douze à seize ans. Ce fait où le sordide côtoie l'incompréhensible m'a frappé, parce qu'il n'est pas isolé.

Des juges d'enfants reconnaissent avoir de plus en plus de dossiers concernant des pratiques sexuelles qui impliquent des enfants entre eux ou des adolescents. Recevant de très nombreux fax de la DDASS pour nous confier des jeunes très perturbés, je note le nombre croissant de cas alarmants de jeunes pédophiles.

Il est également de moins en moins rare que de jeunes adolescents agressent sexuellement des adultes.

La sexualité est devenue plus précoce chez les jeunes. Il suffit d'une fragilité psychologique pour qu'ils passent à l'acte. L'influence d'images, agressives et sexuelles à la fois, n'est pas pour rien dans ce comportement nouveau qui doit nous mettre en alerte.

La prolifération des images à caractère sexuel (surtout pornographique) n'a jamais favorisé la construction de l'identité affective des enfants.

Si l'on évolue autrement que dans le « tout sexe » exposé partout, on risque de se sentir honteux, dans un certain temps, d'avoir exposé devant nos petits mille et une images où la violence sexuelle a pris le pas sur la tendresse et les sentiments.

Puisse ce jour arriver vite !

Fidélité et maîtrise de soi

Nous manquons de maîtres qui n'aient pas peur de parler aux jeunes de fidélité, de maîtrise sexuelle.

Jean-Paul II est un de ces rares maîtres à la parole planétaire. Il a dit ceci, il y a une dizaine d'années, en parlant du préservatif: «Si possible, pas d'objet entre les corps.» Il n'a jamais formellement dit «non» à la capote.

Et il ne connaissait pas encore l'attirail de prévention et de contraception qui semble nécessaire pour faire l'amour aujourd'hui.

Qu'en sera-t-il dans dix ans?

Un procès d'une décennie lui a été fait par rapport à ce fameux morceau de latex. Ce procès perdure.

Notre religion est une religion d'amour puisée dans le Cœur de Dieu. Ce n'est pas une religion «réaliste», comme l'islam, où la faiblesse humaine est prise en compte. Un mufti, un jour, disait à la télévision que l'Évangile était «impossible à vivre». Il avait raison, de l'extérieur, de dire cela.

L'Évangile est l'apologie de l'amour au plus haut, au plus fort de ce que l'humain, image de Dieu, porte en lui. Le fameux «Aimez vos ennemis» montre la radicalité absolue de l'Évangile. Le danger qui nous guette, nous chrétiens, est d'organiser de façon réaliste notre doctrine chrétienne.

C'est un danger certain. Autant que l'intégrisme.

Tu peux me rétorquer, ami(e) lecteur(trice), que j'«aménage» au niveau de la capote. Sans être jésuite, je pars du premier commandement qui appelle à respecter la vie avant tout. Une certaine contraception (notamment la capote) m'apparaît donc prioritaire pour sauver la vie.

Mais marteler que la maîtrise sexuelle et la fidélité ne sont pas des vertus impossibles à pratiquer est un impératif qui situe l'amour à sa vraie place : la plus haute, la plus noble. Celle qui fait grandir.

« Faire l'amour, c'est sacré »

Un jour, un jeune s'exclamait devant moi : « Faire l'amour, pour moi, c'est sacré. » Il préparait l'événement. Il le goûtait un max. C'était un perfectionniste qui ne se laissait pas aller à saisir n'importe quelle proie qui passait à sa portée.

Très beau gosse, il n'avait que l'embarras du choix, mais il attendait, parce que ce moment était sacré pour lui. J'admirais le talent de cet orfèvre qui devait fort réjouir ses partenaires.

L'expérience sexuelle est le lieu d'un risque. C'était connu bien avant le sida.

La pulsion sexuelle doit s'orienter vers la vie. Elle peut, si elle est sauvée de ses propres errances, avoir une fulgurante beauté. Nous devons le dire à nos enfants. Les y préparer. De nombreux couples s'y essaient dans l'Église. Qu'ils continuent avec ténacité, audace et persévérance.

Si on accepte le mystère de l'autre, si on le respecte, on doit forcément découvrir la présence de

Dieu dans l'existence de son (ou sa) partenaire. On peut dire que la sexualité est un des ultimes lieux de refuge du sacré. C'est sans doute pour cela qu'elle est souvent en conflit avec la religion – pour peu que cette dernière soit gouvernée par le mépris ou la peur que la dimension érotique et sexuelle lui inspire.

L'Évangile et la force du témoignage

Quel trésor riches et pauvres ont-ils en commun, si ce n'est la joie d'une sexualité heureuse et partagée ? Mais combien de confidences dramatiques, de jeunes fragilisés dans leur vie intime ! Participer à l'allègement de leur fardeau est une de mes tâches les plus nobles.

« Je baise mal », me dit l'un.

« On n'arrive pas à s'entendre au plumard. Et pourtant, je l'aime ! » me confie l'autre.

Il faut beaucoup de silence et de patience dans l'écoute de ces cris.

Saint Thomas d'Aquin, un maître de l'Église, disait que « ce qui caractérise l'humain, c'est le plaisir ». De grands mystiques, comme Jean de la Croix ou Thérèse d'Avila, ont écrit des pages superbes sur ce sujet :

« Je voyais près de moi, à ma gauche, un ange dans sa forme corporelle [...].

« Je voyais dans ses mains un long dard en or, avec, au bout de la lance, me semblait-il, un peu de feu.

« Je croyais sentir qu'il l'enfonçait dans mon cœur à plusieurs reprises, il m'atteignait jusqu'aux entrailles, on eût dit qu'il me les arrachait en le retirant, me laissant tout embrasée d'un grand amour de Dieu.

« La douleur était si vive que j'exhalais ces gémissements dont j'ai parlé, et la suavité de cette immense douleur est si excessive qu'on ne peut désirer qu'elle s'apaise, et que l'âme ne peut se contenter de rien de moins que de Dieu.

« Ça n'est pas une douleur corporelle, mais spirituelle, pourtant le corps ne manque d'y participer un peu, et même beaucoup. »

Le temps d'aujourd'hui incite à jouir de l'instant présent vite, très vite. Le problème de nos jeunes, c'est de « dévorer ». Point final. Il est pourtant si beau et si bon d'apprendre à goûter, à savourer, sans vouloir tout bouffer dans la minute qui vient.

L'Évangile peut alors être un guide fort, puissant, source de vie, à travers une parole d'Église qui ne doit, en aucun cas, se crisper sur la morale privée des chrétiens.

L'Église doit porter, guider, sans compromission ni complaisance. « Et sans entrer dans les détails », soufflait à l'oreille du pape Paul VI le patriarche orthodoxe Athénagoras.

En même temps, elle se doit d'être solidaire de tant de personnes déstabilisées par leur affectivité déréglée ou par l'échec de leur vie conjugale.

Difficile équilibre !

Une vie de couple heureuse et épanouie témoigne plus que tout de la confiance et du respect qui sont le ciment du bonheur.

Vos jeunes vous regardent, parents !

À leur question inquiète : «Peut-on aimer toute une vie ?», c'est votre fidélité qui sera votre réponse.

Que votre amour les illumine ! Alors, à leur tour, ils transmettront à leurs enfants les valeurs qui sont les vôtres : la fidélité et la maîtrise de soi.

Rien n'est perdu.

L'Espérance gagnera.

Même si vous êtes à contre-courant des mœurs de notre époque, dans ce qu'elle porte d'égoïsme, de voyeurisme et de «chacun pour soi», quand on est deux.

«Nous gagnerons parce que nous sommes les plus faibles», disait Gandhi.

CINQUIÈME PARTIE

Au pied de l'arc-en-ciel

La magie de Lourdes

Il est 2 heures du matin. L'esplanade est vide. Une vingtaine de personnes prient devant la grotte de Massabielle.

Ferveur absolue. Plus de bruit. Plus d'interminables files d'attente pour toucher ce rocher, le caresser, le baiser. Un oiseau nocturne hulule, trouant un instant le recueillement intense bercé par le bruissement du Gave tout proche.

Des dizaines de millions de personnes ont transité dans ce haut lieu.

Le soir, à la procession aux flambeaux, je m'étais retiré de la foule pour la contempler. « Quel poids de souffrance elle porte ! » me disais-je. À Lourdes, on vient pour offrir son propre poids de souffrances et celles de ses proches.

C'est de là que d'innombrables cartes postales partiront, par tout l'univers, avec cette seule mention : « J'ai prié pour toi. » On vient y chercher des grâces et remercier pour celles reçues. Les murs des églises superposées, tapissés d'ex-voto, du plus humble au plus riche, en sont les témoins.

Mais ce qui troue les yeux, bouleverse les cœurs, ce sont les souffrants, les handicapés. Ils ont la première place, la meilleure place. Qu'ils sont loin, les handicapés rencontrés au hasard des trottoirs des villes et qu'on frôle sans les voir !

À Lourdes, ils rendent la Croix visible. La splendeur du mystère de l'Homme-Dieu, venu donner sur terre tout son sens à la souffrance humaine, passe par eux.

Des jeunes du Nord, ayant passé cinq jours à brancarder des malades, n'arrêtaient pas de me dire, la nuit dans un bar, leur joie d'avoir donné leurs vacances à de grands handicapés. Et pourtant qu'est-ce qu'ils en ont bavé ! « Quand je serai vieux, je souhaite moi aussi être aimé », disait l'un. L'autre n'en finissait pas de me parler de son pote gravement handicapé qui n'avait plus qu'un seul doigt valide pour désigner les lettres formant les mots qu'il ne pouvait plus dire.

Jeunes habitués des boîtes du samedi soir, ils découvraient l'urgence de se livrer à un univers de souffrances qu'ils n'avaient jamais pu imaginer auparavant !

Ils en seront marqués à vie.

La magie de Lourdes, c'est bien ça. Un peuple de pauvres qui rejoint une pauvresse, Bernadette, visitée par une dame éblouissante qui lui a simplement dit : « Je suis l'Immaculée Conception. Venez prier. »

Il y a juste quarante ans, séminariste, je partais de chez moi à pied pour rejoindre Marie à Lourdes.

Avec un quignon de pain, un fruit et du fromage. Les cinq cents kilomètres de marche vers Marie ont été un éblouissement. Je rentrais de la guerre d'Algérie et voulais dire « merci » à Marie.

Avec le diocèse de Paris, en TGV quatre décennies plus tard, ce ne fut pas le même émerveillement. Mais toujours la même démarche : aller à la grotte de Massabielle pour dire à l'humble Mère de l'Église que mon chemin de souffrances est dans le cœur d'un peuple de loubards que je porte en moi, au nom de l'Église.

Riche puant...

Si je vis jusqu'à cent ans, l'Église couvrira toutes mes dépenses, mes frais, mes hospitalisations. Je n'aurai aucun problème.

Je suis invité partout. Je peux manger à n'importe quelle table, trois cent soixante-cinq jours par an. J'appelle l'amphitryon. Il se cassera en quatre pour que je mange le pot-au-feu que j'adore.

Je crois vivre comme un pauvre.

Mais je suis un riche puant.

Je reçois des dons pour nos jeunes ou nos anciens. C'est essentiel à la survie de notre Bergerie de Provence. Mais ces mêmes jeunes, seuls et sans appui, peuvent toujours taper comme des sourds à n'importe quelle porte, ils se feront refouler – si tant est que les personnes n'aient pas déjà averti les flics.

Je crois être un pauvre.

Je suis un riche puant.

On me prête mille et une résidences secondaires pour abriter et ensoleiller mes vieux os. Je peux me dorer gratuitement au soleil d'un chalet de haute montagne, ou d'un palace de Tunisie où un ami hôtelier me convie.

Parfois, j'en ai fait profiter mes jeunes.

Mais j'ai conscience d'être un riche puant.

Je me débats dans un système où je suis reconnu, médiatisé, valorisé un max. Une image médiatique ne donne jamais une idée de pauvreté, mais de puissance. Comme un beau diable, je tente de sortir de cette impasse.

Pas évident pour un riche puant !

Face à l'Évangile, je me dis sans cesse : comment être pauvre aujourd'hui ?

D'abord, en donnant tout. Absolument tout, de ce que j'ai et reçois. Même si la réflexion d'un mec, un jour, m'a saisi : « Comme j'aimerais, comme toi, rendre heureux avec les moyens que tu as ! »

Ensuite, en appelant toujours les donateurs à se tourner au plus près, au plus proche de la pauvreté qui les frôle, les côtoie, leur crève les yeux et qu'ils ne voient pas.

C'est tellement facile d'envoyer un chèque à un prêtre éducateur célèbre quand, cinq minutes plus tard, on appelle les flics si l'on voit une bande de jeunes rôder autour de sa voiture !

Je comprends celui ou celle qui veut participer à ce que je vis, quand il (ou elle) ne sait pas comment partager, et avec qui. Je sais aussi qu'il est bon que des êtres se sentent, corps et âme, livrés au service des plus pauvres. Ils restent, sans qu'ils le veuillent, des phares qui peuvent guider, interpeller, dynamiser.

Ma pauvreté aujourd'hui, à moi, c'est de donner douze heures par jour aux autres. De vivre sans besoins, comme un RMiste qui calcule jusqu'au dernier sou.

J'ai trouvé sur les trottoirs de mon quartier l'ameublement du minuscule studio que j'habite. J'aurais eu trop honte d'acheter quoi que ce soit.

Ma pauvreté, c'est surtout d'incuber, jour après jour, mille détresses, mille cris de jeunes qui me laissent meurtri, exsangue. Parfois K.-O. !

Oui, je peux dire alors que leur détresse passe en moi.

Seule la Croix du Christ, étreinte, me permet de rester debout, même si je suis anéanti parfois. Je sais trop la puissance de la communion des saints, pour rester longtemps à terre.

Le Seigneur, pauvre parmi les pauvres, sait alors quel est mon réel dénuement.

C'est sans doute la seule richesse qui me reste.

C'est mon horizon avec un grand H. C'est un peu comme chercher le pied de l'arc-en-ciel.

Mais, au moins, c'est la certitude d'avancer dans la joie de tout donner.

JMJ et tasse de café

L'immense peuple des JMJ appartient globalement aux classes qu'on dit «privilégiées». Aucune acrimonie dans cette remarque. C'est le constat que je peux faire après ma participation à la cinquième rencontre d'un moment d'Église que je ne manquerais pour rien au monde.

Les plus sceptiques sont stupéfaits de constater là un phénomène qui s'amplifie, au point de devenir un élément essentiel de la pastorale de la jeunesse.

Si l'Église des pauvres était représentée par de nombreux petits groupes d'Africains, d'Asiatiques, d'Amérique latine, c'était grâce à nous, l'Église des nantis, qui avions payé leur voyage. D'autres groupes n'ayant pas eu cette chance, ou ne l'ayant pas sollicitée, ont dû travailler six mois pour assumer la totalité des frais de voyage et leur hébergement.

J'invite un Africain à boire un café. La réponse arrive, cinglante : «Non, impossible ! Chez moi, je suis payé quelques francs par jour pour ramasser de quoi produire à peu près un kilo de poudre de café.

Boire ici une tasse de café pour douze francs insulte notre sueur et notre travail. »

Tout était dit.

Je pourrais citer beaucoup d'autres faits qui m'ont interpellé et provoqué. À une radio italienne qui m'interviewait, j'ai souhaité parler de cette fameuse tasse de café. L'animateur a vite passé, semblant vouloir ne s'appesantir que sur la belle santé et l'enthousiasme festif d'une jeunesse qui émerveille le monde.

J'ai persévéré dans ma question sur l'exploitation des plus pauvres, toujours désespérément accroché à ma tasse de café qui provoquait chez mon frère africain la répulsion qu'on devine.

Le feu au monde

Que cette immense fête, qui réunit tous les deux ans la jeunesse du monde, soit l'occasion d'une réflexion toujours plus approfondie sur les inégalités du monde. Sinon, elle risque d'être, pour les pays les plus riches qui majoritairement peuvent y participer, une fête privée d'où jailliraient seulement des intentions de prière pour les plus pauvres.

Ces derniers se fichent complètement que nous mettions « le feu au monde », comme nous demandait Jean-Paul, si ce feu n'est pas mis dans le refus de laisser derrière soi des tonnes de nourriture, comme je l'ai vu à plusieurs reprises.

Nos restes, en partie intacts, abandonnés sur les routes du retour de Tor Vergata, révélaient des chrétiens repus, habitués au gaspillage. Quel regard pouvait avoir un Africain sur ce gâchis ?

Un signe fort pourrait être donné pour appeler chaque jeune à ne rien gaspiller.

Sentinelles du matin

Ce pèlerinage a été encore une fois, pour moi, un inestimable moment. L'écoute de tant de gosses nantis, complètement paumés par le divorce de leurs parents, et le formidable appel à une spiritualité forte, éclairée, sont irremplaçables dans ces jours d'exception.

Mais l'urgence n'est-elle pas d'apaiser la faim de ceux dont l'estomac vide hurle ? Jean-Paul a lourdement insisté là-dessus.

L'autre urgence n'est-elle pas de donner un sens à la vie de nos jeunes repus, en sachant que leur misère affective et spirituelle peut être aussi cruelle que celle des jeunes qui ne peuvent rien faire d'autre que survivre ?

C'est ce feu-là que nous avons puisé dans l'appel de l'« homme en blanc ». Afin qu'il y ait un « après-JMJ » pour les millions de jeunes « sentinelles du matin », comme Jean-Paul les a joliment nommés.

De chaque rencontre, j'emporte une image. De Rome, ce fut celle d'une tasse de café. Elle n'est que symbolique par rapport aux loubards. Ils ne meurent pas de faim. Ils ne travaillent pas comme des bêtes pour survivre. Mais ils meurent de ne pas être aimés.

C'est peut-être encore plus terrible.

Les loubards et l'argent

Quand on a été éduqué, tout petit, à considérer l'argent comme service d'amour et non comme but en soi, on en reste marqué toute sa vie. Telle a été mon éducation.

Avant de nous rejoindre, nos jeunes, vivant de magouilles, de vols ou de cambriolages, et n'ayant pas reçu le moindre enseignement à ce sujet, ont vis-à-vis de l'argent un appétit, une attraction sans frein, sans limites.

Certains d'entre eux ont même la prescience mystérieuse de l'endroit où il peut se cacher. Écoutez l'histoire de l'un d'entre eux qui passait, auprès de ses copains, pour un véritable devin.

Avec sa bande, il cambriole un appartement. Ils fouillent tout et ne trouvent aucun argent liquide, seule chose qui les intéressait. Furieux, le fouineur s'assoit dans un fauteuil Louis XV et inspecte l'appartement en disant : « Il y a de l'argent ici... Je le sens. » Tout en parlant, il palpe, sous l'étoffe de l'accoudoir du fauteuil auquel il s'agrippe, un paquet. Il découd le tissu du fauteuil et découvre une somptueuse liasse de billets !

Ce même gars, toujours aussi inspiré, participait dans un autre appartement à un autre cambriolage.

Là encore, vexé de partir bredouille, il décide de ne quitter les lieux qu'après avoir dérobé une splendide chemise mexicaine qui lui avait tapé dans l'œil. Las ! elle était fripée. « Qu'à cela ne tienne, je vais la repasser », décide le voleur. Le temps de trouver le fer dans la cuisine, et le voilà qui entreprend de remettre en état la chemise convoitée. Le fer ne fonctionnant pas, notre bricoleur le démonte… et tombe là aussi sur un beau magot caché à l'intérieur…

Il est devenu directeur d'une usine.

Mais, Seigneur, quel travail il a fallu pour lui apprendre que l'argent gagné à la sueur de son front était le seul qui donne la joie au cœur et fait grandir !

Que les ados gaspillent l'argent volé est signifiant : il leur brûle les doigts. Dans les Alpes-de-Haute-Provence, en revanche, les voir économiser et compter chaque sou, fruit de leur sueur, nous réconforte toujours.

À leur jeune âge, il est encore temps d'arrêter les dérives. Lorsqu'elles se prolongent à l'âge adulte, elles ont peu de chances d'être stoppées.

Le scandale banalisé de la pauvreté

Le repas se déroule dans la joie des retrouvailles. Revoir cette famille aimée est joie et force pour moi. Les petits dévorent leur assiettée. L'adolescent glose, lui, sur la faim dans le monde. Son discours a de la hauteur et je me régale de l'écouter.

Patatrac ! Son assiette à moitié pleine atterrit dans la poubelle.

Interrompant son « homélie », je lui dis ceci : « Tes idées sont belles. Ton regard planétaire sur ceux qui crèvent de faim est éloquent. Mais ton geste vient de tout effacer. Commence par manger à ta faim. Et pense à celui qui serait ravi de plonger dans ta poubelle pour dévorer tes restes. »

Parler de la pauvreté ? Fort bien. Mais il est toujours scandaleux de l'évoquer en termes larmoyants, alors que nous gaspillons et ne tentons même pas de partager la vie de ceux et celles qui luttent pour survivre. Si la pauvreté du pauvre ne nous atteint pas, alors… fermons-la !

Le Christ, en prononçant le « Bienheureux les pauvres » des Béatitudes, n'a pas fait l'éloge de la pauvreté, de la misère et de la souffrance. Être pauvre

ne constitue pas un bonheur en soi. Le Christ a simplement été touché par la souffrance de celui qui a
faim. Le Cœur de Dieu saigne de voir l'immense
majorité des humains n'avoir pas accès à une vie
digne.

Crever de faim, ne pas savoir où loger, n'avoir pas
droit à la culture, est une injustice fondamentale,
criante mais qui, souvent, ne fait que nous boule-
verser, sans plus.

Le Christ nous invite à éprouver de la compassion
pour les plus démunis et à nous mettre en marche
pour partager leur vie.

Notre combat doit nous rendre inventifs à l'infini.
De la plus modeste réalisation à la plus élaborée,
l'homme peut, en sortant de son égoïsme, opérer des
merveilles pour changer le monde, là où il est.

Doit-on vivre comme le Christ ?

Jésus n'est pas le modèle absolu de la pauvreté. Ça
me fait dresser les cheveux sur la tête quand j'entends
des chrétiens saliver longuement sur le «dénuement
absolu» du Christ. Il y a aujourd'hui des millions
d'êtres humains qui sont bien plus pauvres qu'Il ne
l'a été.

La crèche de Noël était rudimentaire. C'est vrai.
Mais le Christ avait une mère incomparable et un
père adoptif aimant qui l'attendaient.

Quand je contemple une crèche, je pense aux enfants
abandonnés, jetés dans des poubelles. Un certain

nombre de mes jeunes n'avaient pas, dès leur arrivée sur terre, des yeux d'amour et de tendresse fixés sur eux. Souvent, ce sont les cris de leurs parents ou, pire, leur indifférence qui les ont accueillis sur cette terre.

Jésus, lui, dans la paille, était un super-gâté. Il avait, en plus de la chaleur d'une écurie, l'accueil merveilleux d'un homme et d'une femme aimants.

Le calvaire du Christ a été terrifiant. Mais que pensez-vous des habitants de la Tchétchénie, jetés dans des fosses ouvertes en plein hiver ? Des jours et des semaines, ils subissent le froid glacial, la pluie, dans la boue et dans leurs excréments.

Les tortures sans nom que subissent, durant des années, des êtres enfermés dans la solitude de cachots minuscules sont-elles comparables au calvaire du Christ ?

Ne parlons pas des camps de concentration nazis. On touche à l'horreur absolue.

La Croix du Christ me touche infiniment. Si le Christ, à propos de souffrance, a vécu dans son corps et son cœur des choses atroces, souvenons-nous de tous les suppliciés du monde qui, grâce au génie démoniaque de bourreaux, atteignent les sommets de la souffrance.

La Résurrection a ceci de géant, c'est qu'elle est rébellion contre toutes les crucifixions du monde. C'est la lumière qui peut, en union avec le Christ, nous donner la force d'endurer jusqu'au bout les pires calvaires.

L'image du Christ «rebelle» est certainement celle que je préfère.

La pauvreté consentie restaure l'égalité

L'Église prône la pauvreté non subie mais choisie. Cette pauvreté-là est un signe. Elle est la preuve d'une immense liberté. Le «Mettez tout en commun» de l'Évangile reste toujours d'actualité. C'est le «communisme chrétien» vécu par des centaines de milliers de moines et moniales, depuis deux millénaires.

Je garde de la tragédie de Tibhirine l'image de la cellule du père Luc, le moine médecin, égorgé avec ses six frères. Je suis resté longtemps dans cette cellule de neuf mètres carrés, à mon dernier passage à Notre-Dame-de-l'Atlas.

Des médicaments remplissaient le tiers de l'espace. Un petit lit rafistolé avec des bouts de ficelle comportait un dossier pour dormir assis, je pense, à cause de son asthme. Et sur le mur, au-dessus du lit, cette trace noire où devait reposer sa tête. Dénuement absolu. Lui et ses frères avaient tout donné. Cette cellule-là disait tout. Puisse-t-elle être gardée dans l'état, intacte, pour le jour où ce haut lieu monastique sera réhabilité et refleurira.

Si les moines représentent le plus haut sommet de la pauvreté choisie dont ils font le vœu, mille et une formes de la «mise en commun» évangélique ne sont pas interdites aux chrétiens.

Assez de palabres sur ce sujet, de prières universelles larmoyantes, dans nos églises, sur les exclus, les prisonniers et les pauvres de tout poil. Mettons-nous en marche là où nous sommes. Sinon, taisons-nous. Les rejetés de partout se fichent complètement de notre prière pour eux si on ne vient pas à leurs côtés les aider à retrouver leur dignité.

Certains nantis, révoltés par les injustices du monde, donnent tout. Ils sont l'exception.

Notre confort doit être étudié à la lumière de l'Évangile. Si nous sommes des hommes et des femmes de prière, alors prions l'Esprit saint de nous faire passer du désir de partager aux gestes qui nous libéreront. Nos enfants le verront. Ils ne sont pas cons, nos gosses. Tout petits, ils nous épient, nous écoutent et nous voient palabrer sans passer à l'action ni accomplir des gestes de partage qui seraient plus signifiants que tous nos discours sans lendemain.

Église, sois un exemple !

Je me dois d'être un combattant du partage. Comment pourrais-je moi-même prêcher la pauvreté si je ne la vivais pas en priorité ?

Le besoin de sécurité, tant matérielle qu'affective, m'atteint comme vous. Je dois lutter sans cesse pour m'en libérer. Une de mes phrases préférées est : « Moins tu as de besoins personnels, plus tu peux t'occuper des besoins des autres. »

C'est un rêve à atteindre. C'est l'horizon que je repousse sans cesse comme un mirage inatteignable. Et pourtant, à cet horizon-là, je dois toujours m'accrocher.

Le visage de l'Église, s'agissant de pauvreté, reste détestable. Elle garde, attachée à ses basques, l'image de la richesse matérielle et de la puissance. Ah! ce Vatican et ses richesses, qui nous sont envoyés rituellement en pleine gueule!

Que répondre? Ce sont des trésors de notre histoire. Les vendre? Invraisemblable. Ils sont la mémoire d'une tradition qui nous permet de ne pas désespérer de notre Église et qui témoigne de ses ombres et lumières. Mais un certain faste demeure, même s'il a considérablement diminué.

Gageons que, de pape en pape, l'un d'eux aura un jour les pieds nus d'un saint François d'Assise!

Elle a perdu, l'Église, de sa puissance et de sa superbe. Et tant mieux! Qu'elle continue d'entendre ce cri de tant de chrétiens ou de non-chrétiens : « Le message du Christ, qu'en as-tu fait? »

Après les scandales financiers d'il y a quinze ans, Jean-Paul II a mis bon ordre dans les finances vaticanes. Ce qui est sain. Quant à lui, il vit modestement dans un trois-pièces, malgré l'opulence qui l'entoure et qui provoque de multiples fantasmes sur des trésors prétendument cachés. Il faut le dire et le redire.

L'Évangile ne mourra pas. Nous, catholiques, y croyons plus que tout. Que meurent, en revanche, mille et une institutions ecclésiales dont les façades opulentes provoquent le scandale et détournent de l'Église.

« Votre Vatican à vous, c'est la Bergerie de Provence », m'a décoché avec humour un journaliste. Seulement, cette superbe bâtisse, ce sont deux cent cinquante jeunes appelés délinquants qui l'ont construite de leurs mains. Et ce sont eux qui l'habitent. Je n'ai, pour l'instant, que quelques mètres carrés à l'intérieur pour y reposer mes cinquante-cinq kilos.

Un mec richissime vient un jour visiter la maison. Touché par sa beauté, ses murs en pierre de quatre-vingts centimètres d'épaisseur, il a eu cette parole malheureuse :

— Comment, mon père, avez-vous pu bâtir une telle maison pour des délinquants !

— D'abord, ce sont eux-mêmes qui l'ont construite. Ensuite, la beauté n'appartient pas qu'aux riches. Aux pauvres aussi ! lui répondis-je sur un ton cinglant.

Il s'est tu et il est reparti, penaud, oubliant heureusement de me larguer un chèque « pour mes pauvres ». Je crois que je l'aurais refusé.

Les droits d'auteur de mes livres ont permis de construire de l'utile, du solide et du beau. Et de l'entretenir.

La beauté fait grandir. Mes jeunes, issus de milieux très défavorisés, ne restent pas indifférents à la splendeur des murs ocre nimbés de la lumière des levers et couchers de soleil. Les voir laver, bichonner, astiquer « leur » maison, repeindre portes et fenêtres, tous les ans, me donne cette joie inégalable que suscite le partage de la beauté.

« Fermer sa gueule »

Écouter exige une grande pauvreté. Ce sont mes jeunes qui me l'ont appris.

— Guy, faut que je te parle !

Cette phrase, je l'ai entendue des milliers de fois. L'écoute exige, toute affaire cessante, de se vider de ses encombrements, de ses scories. Elle est le sommet de l'intelligence du cœur. Elle nous appelle au plus haut de nous-mêmes.

Parce qu'elle nous met dans l'attitude du serviteur, elle a une grande fécondité. Elle nous grandit.

Les souffrances que vivent tant de personnes nécessitent des êtres à l'écoute des autres. J'aime et je crains à la fois les aéroports pour cela. Combien de fois ai-je été sollicité par des inconnu(e)s qui, en un rien de temps, vident leur sac !

J'ai toujours la velléité de profiter de cet endroit où je suis hors territoire délinquant pour rédiger quelques lettres urgentes. Las ! J'ai rarement l'occasion d'en commencer une. Et c'est très bien comme ça. Il n'y a pas de temps réservé pour l'écoute. L'être qui a soif n'a pas l'habitude de prendre rendez-vous.

Seule ma retraite monastique de quarante-huit heures tous les dix jours me permet de m'éloigner. Se remplir du silence divin est le meilleur moyen de repartir au cœur de la foule, rasséréné. Sinon, je ne tiendrais pas longtemps.

Je ne conseille à personne de m'approcher durant ces heures où je m'écarte pour une autre écoute, celle de Dieu ! Mes chiens veillent et ne tolèrent aucune présence, hormis la mienne. Ils ont raison.

Depuis que je suis tout jeune, mes carnets de retraite sont là pour me secouer les puces et me rappeler que mon combat reste prioritaire. Bavard et poussé sans cesse à l'être, j'ai une lutte constante à mener pour écouter l'autre.

Rien n'est acquis. Rien.

À chaque réunion avec mes adjoints, j'écris préalablement dans le creux de ma main ces trois lettres : « FTG » (« Ferme Ta Gueule »).

À la fin d'une dernière réunion, Fred, un de mes collaborateurs, peu loquace et au jugement mesuré, me lance :

— T'as oublié d'écrire les trois initiales dans ta main !

Cela voulait tout dire…

On n'écoutera jamais assez.

SIXIÈME PARTIE

Les athlètes de Dieu

Cœur de prêtre, cœur de feu

C'est le cœur vibrant de joie que tu t'approches, aujourd'hui, de l'autel. Une immense aventure commence. Un appel, impérieux ou par à-coups, semé d'embûches ou sans aspérités, t'a conduit au jour béni de ton ordination. Ta joie est immense. L'évêque vient de te dire : « O.K. ! Avance au large. »

Ces pages blanches et enivrantes qui s'ouvrent devant toi, tu ne les rempliras qu'avec le Cœur de Dieu, lié à ton cœur.

Je me souviens de ce jour (il y a trente-six ans) comme si c'était hier. Éperdu de bonheur, je bénissais mes parents à l'issue de la cérémonie.

C'étaient leurs cœurs que je voulais remercier. Ils m'ont tant aimé ! Si je savais un peu (si peu) ce qu'était le Cœur de Dieu, c'était à eux que je le devais. Impossible de ne pas pressentir, dans ce qu'ils m'ont fait entrevoir de l'amour humain, ce que pouvait être l'Amour de Dieu.

Saint Jean, dans ces trois mots qui englobent tout l'Évangile, « Dieu est Amour », me le confirme chaque jour. Ma chance inestimable est de l'avoir vérifié dès le berceau.

Ton cœur de prêtre sera la clef de ton sacerdoce. Annonce la Bonne Nouvelle avec ton cœur. Tes études, ta théologie, tes licences ne te serviront à rien si ton cœur d'homme et de prêtre ne vibre pas à l'unisson de Celui de Dieu. La prière assidue, forte, pressante, à tout instant te donnera ce feu intérieur que tu communiqueras.

Que tu sois orateur brillant ou besogneux n'aura aucune importance. Un vendredi saint, j'assistais, jeune séminariste, à la prédication d'un curé de campagne qui tentait de nous faire comprendre la Passion du Christ. Il était grotesque, tant il butait sur ce mystère qu'il tentait d'expliquer.

Eh bien ! C'est ce jour-là que j'ai compris, pour la première fois, combien le Christ avait souffert atrocement. Pour moi. Pour nous.

Donne les sacrements avec amour et force. Ne t'y habitue jamais. Surtout quand tu fais descendre l'Amour dans tes mains d'argile, durant l'Eucharistie. Ta plus belle prédication sera là. Nulle part ailleurs. Avant d'être le témoin irremplaçable de l'Amour au milieu des humains.

Tout jeune, je regardais les prêtres à l'autel. Deux m'ont marqué à vie. J'avais la sensation indéfinissable que le Seigneur était au bout de leurs doigts. Plus jamais ne s'effacera ce cœur à cœur avec Dieu d'hommes prêtres qui m'ont fait entrevoir la beauté du plus grand des mystères, celui que tu accompliras chaque jour.

Ton cœur d'homme, tu viens de l'offrir à Dieu

sans retour. Il te le rendra au centuple. Protège ton cœur, tes yeux, tes oreilles. Tout ton corps. Tu buteras forcément sur les appels de l'amour humain. Le combat ne cessera pas. Tu crieras parfois, dans la nuit, ta solitude. Tu penseras que ton cœur peut être partagé. Que ton célibat est trop dur.

Alors tu plongeras dans le Cœur de Dieu.

N'oublie jamais : Lui, seul, est fidèle.

Dis-Lui, crie-Lui :

— Mon Dieu, rends mon cœur semblable au Tien !

Oui, si ton cœur de prêtre est au diapason de Celui de Dieu, alors ton sacerdoce sera Force, Joie et Feu.

Où en est-on de la démission de Jean-Paul II ?

Régulièrement, toute la presse (catholique comprise) bruit de rumeurs sur la possible démission de Jean-Paul II. Un évêque allemand avait émis l'hypothèse de voir le pape se retirer, il y a un an.

Aucun évêque n'avait encore publiquement osé le dire, alors que cette supposition court depuis longtemps dans toute l'Église, étant donné l'état physique apparemment très délabré de notre pape.

Et puis vint son périple en Terre promise.

Risque majeur sur un des terrains les plus minés du monde. Il alla dans ce haut lieu où les trois grandes religions monothéistes s'accrochent désespérément aux pierres, au centimètre carré près.

Toute la presse, avec une unanimité rare, salua sa prestation qui ne buta sur aucun des récifs, pourtant longuement décrits à l'avance sur le parcours du timonier de la barque de Pierre.

Un jeune pape n'aurait jamais pu assumer les dangers d'un tel pèlerinage. Jean-Paul II, avec sa canne et ses vingt ans de pontificat, osa l'impossible. Il réussit là un parcours de combattant digne d'un athlète de Dieu.

Tout discours, toute homélie étaient préparés, bien évidemment. Mais quelques improvisations (paroles et gestes) bien frappées donnèrent, de façon fulgurante, la mesure de l'intelligence et de la volonté intactes du pasteur. Ses petits pas titubants de l'amour montraient, sans bruit mais avec une force insoupçonnée, que le vieillard toujours courbé sur sa canne gardait intact son charisme d'homme de Dieu et de pasteur d'un milliard de chrétiens.

Ses paroles, ses gestes, ses larmes et sa joie retrouvée avec les jeunes ont fait l'unanimité.

Bien sûr, personne n'eut l'outrecuidance de prononcer le mot « démission » face à une telle prestation.

Jean-Paul II démissionnera sans doute le jour où il ne pourra plus conduire notre Église. À moins que Dieu ne lui signifie brutalement : « Allez, simple serviteur, ta tâche est finie. Viens te reposer dans le Royaume que tu as si magnifiquement fait entrevoir, durant ton long parcours terrestre. »

Son pas si mal assuré, sa main tremblante caressant tendrement le mur des Lamentations, son regard figé par la maladie qui le dévore lentement m'ont permis de relire et méditer longuement ce texte de saint Paul : « Ce qu'il y a de faible dans le monde, voilà ce que Dieu a choisi pour couvrir de confusion ce qui est fort » (I Cor. 1, 27-30).

Jamais, peut-être, un pape n'avait de façon aussi remarquable montré sa faiblesse, à ce point authentique et transfigurante, dans un des moments les plus forts et les plus périlleux de son pontificat.

Il irradiait de joie

C'était le dernier jour des JMJ à Rome.

Il est à cinquante mètres de moi. Un écran géant renvoie dans les moindres détails son image.

Il irradie de joie. Cette allégresse rayonnante explose sur son visage de vieillard apaisé.

Son arrivée provoque l'enthousiasme habituel, indescriptible. Mais fini le délire « papolâtre », dont j'avais été témoin lors de certains rassemblements antérieurs et que j'ai toujours vomi.

Il tapote l'accoudoir de son fauteuil, en battant la mesure ou en se balançant au gré du rythme que les jeunes imposent.

D'un autre, on aurait pu décrypter, dans ces gestes inédits, quelques traces de démagogie. Non ! Il s'amuse vraiment. Avec détachement. Peut-être sent-il que c'est la dernière fois qu'il vibre avec la jeunesse du monde qui s'étale sous ses yeux, à perte de vue. En effet, il vient de nous convier dans deux ans à Toronto, sans prononcer l'habituel : « Je serai là, si Dieu veut. » C'était peut-être le passage du témoin…

C'est sans doute pour cela qu'inconsciemment, en finale de la veillée à Tor Vergata, quelques jeunes ont franchi victorieusement les mailles pourtant serrées du filet protecteur qui le ceinturait pour se réfugier dans ses bras.

Je garderai longtemps l'image du jeune Chilien se pressant contre la poitrine du vieillard qui, tendrement, le garda longtemps contre lui.

Chacun, parmi les deux millions de témoins, a dû sentir alors le vieux cœur paternel battre contre son cœur.

Il est le « patriarche » par excellence. Le « sage » dont manquent tant de jeunes, de toutes conditions et de toutes cultures, de toutes religions.

D'où ce rayonnement prodigieux, cette fascination restée intacte. Une fascination renforcée par son âge et sa maladie. J'ai vu, pour la première fois, ces deux millions de jeunes capables de passer de l'excitation la plus exubérante au recueillement le plus absolu. Cela témoigne de la lumière mystérieuse qui émane de ce vieil homme en blanc. Lumière qu'il renvoie dans les yeux juvéniles fixés sur lui.

Je les regarde, ces yeux-là, pendant qu'il leur parle. Jean-Paul atteint chaque jeune, personnellement. À cet instant, sur la place Saint-Pierre, plus qu'à un autre moment. Parce qu'il leur dit longuement ses rêves d'enfant, ses choix, la rudesse de sa prêtrise confrontée à un fascisme dément. Son combat épiscopal, en plein cœur du communisme. Et le fameux jour où, tétanisé, il entendit ses frères cardinaux lui dire : « Allez, Karol, prends la barre de Pierre. On te fait confiance. T'as la carrure. On a besoin du vent frais venant de l'Est. »

Ils le plaçaient là non pas sur un siège confortable et prestigieux, mais contre une couronne d'épines. Ils ne le savaient pas encore. Mais lui, Karol, devenu Jean-Paul II, le sait après vingt ans d'exercice pastoral.

Sa lutte contestée pour rassembler toutes les vibrations religieuses qui montent de l'humanité vers Dieu, son combat perpétuel pour l'homme, « la plus grande gloire de Dieu », et quelques balles qui ont tenté de le faire taire sont inscrits dans la mémoire de tous ces jeunes qui le fixent.

Comme une flèche

Autant le pape a de la peine à se faire entendre des adultes catholiques, autant il parvient instinctivement à toucher un nombre considérable de jeunes chrétiens.

À tel point que les plus sceptiques restent pantois devant un phénomène qu'ils n'arrivent pas à cerner. En particulier les médias qui, bon gré, mal gré, consacrent un temps remarquable à cet événement.

Les jeunes l'écoutent. Ah ça, oui ! Mais ils ne prennent pas tout à la lettre et même, parfois, disent « non ».

En Pologne, il y a quelques années, au cours d'un de ces dialogues libres qu'il affectionne particulièrement, il finit l'échange par quelques questions :

— Êtes-vous des jeunes qui priez ?

— Oui, répond avec enthousiasme la foule juvénile.

— Êtes-vous fidèles aux sacrements de l'Église ?
Un oui massif s'élève.

— Êtes-vous d'avis de bannir le sexe libre ?

— Non, répliquent joyeusement les jeunes.

Le pape passe, sans rien dire, à une autre question…

Autant l'adulte chrétien se durcit en reprochant au pasteur suprême ses propos sur la morale sexuelle, tout en bardant sa chambre de « défense à l'Église d'entrer » en y ajoutant des serrures renforcées, autant le jeune, sur cette question qui le touche particulièrement, répond allègrement : « Pas touche. O.K., je t'écoute… Mais laisse-moi faire avec. »

L'enseignement de Jean-Paul reste ferme, sans fioritures, hors mode, hors tendance. Il a osé parler à Rome des nouveaux martyrs. Pas par le sang. Mais par la virginité avant le mariage. La fidélité dans le couple. Le respect de la vie. La solidarité quoi qu'il en coûte.

Les jeunes boivent ses paroles si haut perchées dans l'humain.

Ils trient, mais ils écoutent. Le monde déshumanisé, qui tue de plus en plus toute spiritualité, avec comme seuls repères l'efficacité, la rentabilité et le pouvoir par l'argent, bousille dans nos jeunes l'espoir d'un monde en paix avec lui-même.

Mais quand une voix s'élève pour percer comme une flèche ce qui a trait aux idéaux les plus profonds qui bouillonnent dans le cœur d'un adolescent, alors mystérieusement ce cœur-là bat plus fort et vibre.

Oui, les jeunes ont soif d'aller plus haut qu'eux-mêmes. Jean-Paul II a ce charisme inimitable dans l'Église : parler au cœur des jeunes d'un Dieu qui les aime.

C'est son secret. Puisse-t-il être celui de tous les hommes d'Église !

Bonnes vacances, vieux prophète !

Comme un vieux chat, l'abbé Pierre attend avec moi de passer sur scène. Il paraît éteint, fatigué par le décalage horaire. C'était en juin 2000, au Québec. Je devais témoigner avec lui sur le thème de l'exclusion, devant une foule réunie dans un stade.

Je me dis : « Comment pourra-t-il assumer quarante-cinq minutes dans l'état où il est ? » À petits pas, il avance vers sa chaise, sous l'ovation des Québécois.

D'un seul coup, la voix vibrante et forte jaillit. Le silence se fait. Les trois points que le presque nonagénaire a décidé de commenter sont exposés avec puissance et conviction. Sans aucun papier. Une des merveilles de l'abbé Pierre, c'est sa voix venue de l'intérieur. Une voix qui respire la contemplation. Une voix qui crie, gueule la misère des plus pauvres. Sans concession. Sans fioritures. Les convenances, il s'en fout royalement.

Ce qui lui tord les entrailles, au nom de Dieu et de l'homme crucifié, il le dit, le proclame et le martèle. Combien de fois il a osé ce que peu d'hommes et de femmes auraient tenté : interpeller, traiter publiquement de «menteur» tel homme politique, mettre un autre en demeure de «faire ce qu'il a dit», par le biais des médias.

Il joue magnifiquement des micros et des caméras, mais sa personne ne compte pas. Il n'a aucun désir de paraître, de se mettre en avant. C'est ce qui explose chaque fois qu'il apparaît à la télévision : sa crédibilité absolue face aux Français qui l'ont placé au hit-parade de leur cœur.

Il y a quelques années, j'ai passé une journée avec lui. Sa pauvreté était totale. Son petit lit, enfoui dans le parfait rangement de dossiers et de livres, montre bien que pour lui les centimètres carrés sociaux comptaient. Pour l'exemple.

La plus belle image que je garde de lui, ce sont ses vieilles mains tremblantes élevant le calice, au cours d'une Eucharistie où je célébrais, seul avec lui.

Son audace évangélique est partie d'un fait. D'un pauvre découvert, une nuit d'hiver, suicidaire et qui se les gelait. Au lieu de le plaindre ou de le couver comme tant d'autres bichonnent «leur» pauvre, il l'a mis en marche tout de suite : «Allez, viens, il y a tellement de malheureux. On s'en sortira ensemble en les aidant à s'en sortir.»

Une œuvre était née. Première semence issue de l'enfer que vivait un humain. Pour ensuite se multiplier dans maints pays du monde.

Il a traversé une longue époque dans une cohérence absolue. En 1945, il ne pouvait être que résistant. Au cours d'un de ses voyages de par le monde, le bateau dans lequel il était coule. Il saute pour sauver ceux qui se noyaient.

Un jour, on n'entendra plus sa voix qui pénétrait comme une épée dans le cœur des humains. Mais tant d'autres voix prendront la relève. Il pourra partir tranquille pour ses « grandes vacances » tant souhaitées. À l'heure où cela sera, on pourra lui dire : « Vieux dinosaure, dors en paix dans le Cœur de Dieu. Tu as fait d'innombrables petits.

« Alors… bonnes vacances ! »

SEPTIÈME PARTIE

Résister

Loft Story

En 2001, un truc pisseux, navrant, stupide permit à des millions de Français de disséquer, en direct du laboratoire de M6, des souris humaines. Étaient-ce les cobayes d'un savant fou ? En tout cas, une expérimentation humaine qui ne disait pas son nom. Pour sauver la face, pour excuser ce défi aux droits de l'homme, des psychiatres surveillaient la «recherche». Les cobayes humains du loft furent, en effet, un défi à la conscience humaine.

L'ambition explicite de Loft Story était que le public crée un couple, lequel couple, s'il arrivait encore à se supporter pendant un mois, touchait la coquette somme d'un million cinq cent mille francs.

La plupart des jeunes ont été fascinés par le bain de minuit de Loana avec le bellâtre Jean-Édouard, dans la piscine du loft de la plaine Saint-Denis. Mais comment des personnes sortant de l'anonymat le plus complet ont-elles pu, d'un seul coup, accepter qu'on visionne ainsi leur intimité ? Qu'est-ce que cela signifie ?

Le mot «pudeur» a subi des coups massifs dans cette émission qui a battu des records d'audience.

Les vrais aventuriers de l'amour

Les scènes navrantes, la trivialité du loft ne doivent pas nous décourager mais nous dynamiser pour opposer à l'amour mercantile et voyeuriste la force d'aimer et la folle espérance de l'engagement à deux.

Tout peut-il être visible ? Non. C'est la partie secrète de la personne, son mystère qui lui permet de grandir. La plus belle histoire d'amour est celle de deux êtres qui se construisent dans le secret de leur cœur et de leur corps.

La fidélité en prend aussi un nouveau coup. Labelisés ringards, les couples fidèles ? À ce désert liquéfiant de l'infidélité, on doit opposer la force d'aimer au péril de la durée, la permanence de l'idéal d'un couple qui croit en son éternité.

Être moderne, c'est croire qu'on peut s'aimer sans se détruire. Nous, chrétiens, pensons que le sacrement du mariage est une force considérable. Chaque couple est unique. L'amour est à la base de toutes les créations. Dans tous les lieux, et depuis toujours, il cristallise la relation entre deux êtres.

Une des plus grandes fractures de notre temps, c'est la fragilité du couple. Les ombres semblent en écraser les lumières. Loft Story entrait dans ce cheminement. Qu'est-ce qui était le plus atteint : la dignité des lofteurs ou celle des téléspectateurs qui regardaient à travers cette glace sans tain ? Si les personnes qui ont participé au loft n'en sont pas sorties grandies, nous-mêmes, dans cette affaire, avons diminué.

Prison top modèle

On pourrait dire également du loft qu'il était une « prison modèle », comme dans le roman *1984* d'Orwell : une prison sans gardiens, sans barreaux, sans bourreaux – puisque les victimes se chargeaient elles-mêmes d'éliminer les autres –, avec super salle de bains et piscine chauffée. Pour cette « prison idéale », il y eut trente-huit mille candidats !

Une prison où les prisonniers tentent de rester le plus longtemps possible. Une prison inversée particulièrement perverse. Qu'en ont pensé les malheureux détenus de nos vraies prisons ?

Il y eut évidemment quelques minutes de vérité au travers de multiples faux-semblants. Un fragment de personne se détachait parfois, mais insignifiant. Le but de chacun était de paraître. De paraître une « star ». Comme si réussir sa vie, c'était « être connu »…

Pauvre jeunesse ! On affirme vouloir de plus en plus la protéger et on l'expose.

Et puis, nous sommes passés de ce loft d'été à la tragédie de Manhattan de l'automne. Quel rapport entre le loft et Ben Laden ? Aucun, sinon le mépris de la personne humaine. D'un côté, des souris humaines qui s'éliminent les unes les autres parce qu'elles veulent garder leur part de fromage. De l'autre côté, un Ben Laden certes hors champ humain, mais qui représente l'horreur absolue, qui tue au hasard, en éliminant un maximum d'inconnus. Mais symboliquement, dans le loft, il n'y avait pas d'autre but que d'éliminer certes pas un inconnu ou un «ennemi», mais un ami !

Nous montrer que le monde est un monde de loups et que si tu es bon, solidaire, attaché au plus faible, tu seras dévoré, est un des messages les plus pervers de Loft Story.

La folie est retombée. Il n'empêche que le phénomène de société qu'il a déclenché n'est pas inintéressant. À vie médiocre où on se complaît dans le paraître et l'avoir, séquence télé médiocre. La vocation des médias n'est pas de partir du plus bas de l'homme. Mais du plus haut. La vocation première et dernière est de nous révéler ce qu'on a de meilleur. Alors l'homme aura forcément les yeux fixés sur les sommets. Quant aux ex-locataires de Loft Story, ils sont passés de l'anonymat au rôle de star. Mais de façon inégale. La star incontestée du loft, Loana, a fêté son anniversaire sans aucun des ex-lofteurs, pourtant invités. Bonjour la solidarité ! C'est celle des souris : chacun pour soi.

Église « tendance »

Le monde est ainsi fait : si on n'est plus dans le coup, on est viré. Au travail, dans les médias, au cinéma, dans l'athlétisme, dans les responsabilités multiples qu'on assume. Pratiquement partout.

Ce qui est jeune, nouveau, performant, dans le coup, efface tout ce qui date.

L'Église date.

Elle a deux mille ans.

Aujourd'hui, elle est souvent considérée comme « dépassée ». Au fond, depuis toujours. Vouée au service du monde, elle assume depuis deux millénaires le regard implacable de celles et ceux qui sont « tendance », c'est-à-dire qui épousent, sans restriction, mœurs, culture, arts, langage, habillement du temps. Avec, si possible, un quart d'heure d'avance sur les autres. Combat acharné s'il en est ! Que le meilleur gagne.

L'Église « épouse » toujours son temps. C'est-à-dire qu'elle l'aime. Mais elle a une autre boussole et une longue-vue différente. Elle prend parfaitement conscience du monde où elle se situe. Elle est inspirée par d'autres valeurs, plantées sur le roc de sa foi incarnée par le Christ. Et c'est là où ça coince. Forcément !

Pour elle, l'humain n'est pas une machine à produire. Le plus pauvre à servir est son idéal. La vie, à partir du fœtus, est à sauver à tout prix. Le vieillard souffrant n'est jamais à achever. Le couple fidèle est l'exemple à suivre. Elle refuse la mort qui guette le plus faible, le moins performant, l'exclu, le handicapé, le prisonnier.

Et, en plus, elle a le culot de mettre son nez partout ! Rien de ce qui est humain ne la laisse indifférente. Quand elle sent que la personne humaine risque d'être atteinte dans sa plénitude, elle ramène aussitôt sa fraise.

Elle se voit alors traitée de « ringarde », de « conservatrice », « pas dans le coup », « hors du temps ». Elle semble ne pas avoir quelque chose à dire au monde d'hier, d'aujourd'hui, de demain.

C'est là que l'Église, se plaçant au-dessus de la bataille des « tendances » où s'engouffre la majorité d'entre nous, assume le risque majeur et noble : celui d'avoir une parole, paradoxalement, parmi les plus modernes et les plus prophétiques au monde.

Elle lutte pour la survivance de l'humanité, son harmonie et son indéfectible dignité. Elle parle de culture de la vie.

Avec son milliard de chrétiens qui la suit vaille que vaille, elle est, malgré ses failles et ses turpitudes, comme la lumière qui éclaire les nations. Un phare.

C'est pour cela qu'elle est cible idéale. Réjouissons-nous donc, non d'être victimes d'attaques innom-

brables, mais d'être, au cœur du monde, une espérance invincible.

« Soyez comme des fous », disait saint Paul.

C'est cette folie-là qui, finalement, nous rend cré-
dibles.

Aller chez l'autre

À petits pas, il s'est avancé vers le mur des Lamentations. Comme tout pèlerin juif, il a introduit entre les pierres vénérables son message.

Tout Israël a suivi, le cœur battant, ce geste inouï d'un chrétien. Immense geste. Parce que celui d'un pape.

Aller chez l'autre, au plus loin qu'on puisse cheminer, est une des constantes de la démarche d'amour de Jean-Paul II. Elle renverse certaines barrières colossales érigées par un catholicisme d'antan se réfugiant dans sa forteresse pour mieux se défendre ou, pire, attaquer.

« Évangéliser, nous indique Jean-Paul II, ce n'est pas attendre de pied ferme, dans notre maison Église, le pécheur repenti ou la brebis qu'on estime égarée. » C'est aller dans la cellule même de son agresseur venu pour tuer, et lui pardonner. Son accolade fraternelle à Agça reste dans toutes les mémoires.

Un tel geste a pu faire sauter mille murs de rancœurs, de haine, de refus de pardonner dans notre propre environnement. Jean-Paul ne s'est jamais érigé comme exemple. Mais, condamné par l'Évangile à être «modèle du troupeau», il indique par des gestes prophétiques la voie menant à l'Évangile. Voie obstruée par les innombrables barrières que le temps, nos guerres religieuses et nos intolérances ont construites.

Convoquer toutes les grandes religions à Assise, c'était aller vers tous les autres. Un fauteuil colossal pour lui, au milieu de simples chaises, aurait donné à notre pape une prééminence offensante. Jean-Paul II, humblement assis au centre (il était l'hôte) et à égalité de sièges avec tous les représentants des grandes religions, expliquait tout.

En revanche, il n'a pas dit à ses invités : « Prions ensemble. » Mais : « Nous sommes ici ensemble pour prier. » La différence était là.

Nette. Irréfutable.

Elle respectait la façon de s'adresser à Dieu dans chaque espace religieux.

Faire dire à un juif, un musulman ou un bouddhiste que Dieu est «Notre Père» est impossible, impensable même. Biffer notre amour d'un Dieu «Père», c'est trahir l'essentiel pour nous, chrétiens.

Notre pape sait parfaitement que l'hommage au Dieu Unique et Créateur est une base partagée par des milliards de croyants. Nous compris.

Partir de là ouvre la route où l'on peut avancer, tous ensemble.

Avant d'aller chez l'autre, essayons, chrétiens, de construire d'abord notre maison ecclésiale… Nos divisions sont scandale face à l'Évangile. Elles l'étaient déjà il y a des siècles. N'oublions pas que les clefs du

Saint-Sépulcre sont confiées à des gardiens musulmans depuis le xve siècle. Le calife du moment, excédé par les batailles entre chrétiens, avait décidé de confier l'entrée de ce haut lieu de la foi à des frères de souche coranique.

Bûchons notre foi catholique. Plus que jamais. Notre dogme est sacré parce que pilier de notre foi. C'est à partir de là qu'on peut aller chez l'autre.

C'est ce que Jean-Paul II a voulu exprimer au mur des Lamentations, quand des rabbins sourcilleux voulaient qu'il s'y rende soutane nue, sans croix.

Il est venu à petits pas, ceux du Christ souffrant... avec sa croix pectorale.

Double consultation

Une prostate malade fait beaucoup courir. Je cours donc beaucoup.

J'étais en consultation pour suivre l'évolution d'une tumeur prostatique. Le médecin spécialiste zappait longuement ma cléricale vessie sur un petit écran, tout en m'expliquant la progression de la maladie. Et l'urgence d'une opération pour ne plus avoir à courir jour et nuit. L'homme atteint de cette maladie sait le marathon quotidien qu'il lui faut entreprendre vers des lieux, adéquats ou non, pour vider souvent et péniblement sa vessie.

J'écoutais, passionné par sa science et son décryptage sur l'écran, ce dont je souffrais.

Comme il m'avait reçu par un vibrant : « Bonjour, mon père », je lui demandai (toujours sur la table d'auscultation) s'il était chrétien.

— Oui, me répond-il.

À moi d'ausculter son âme et d'aller un peu plus loin…

— Pratiquant ?

— De temps en temps… (Long silence.) C'est bien là mon problème. Je suis dévoré par mon travail et d'autres obligations. Ma foi s'étiole puisque je ne prends pas le temps de la travailler.

Suit une conversation à bâtons rompus, toujours sous l'œil du petit écran qui rend son diagnostic en images claires et sans appel.

La question que je soulevais avec le docteur est ma pratique courante. En effet, au hasard des rues, des aéroports ou des bistrots, j'entends de plus en plus souvent, après un rapide échange, cette phrase : « Je suis croyant, non pratiquant. »

Je ne lâche jamais le morceau.

— Ainsi, tu grandis dans toutes les dimensions, sauf dans ta foi ? dis-je à mon interlocuteur.

Souvent apparaît le poids de souffrance que recèle toute vie. La personne nantie d'une foi laissée en jachère bute sur ce qu'elle vit de difficile. Sans réponse. Si ce n'est les lieux communs derrière lesquels elle se retranche : « Si Dieu existait, il n'y aurait pas autant de souffrance dans le monde… » « L'Église est trop loin des gens… », etc.

Ce n'est certes pas une conversation rapide qui changera le cours d'une pratique religieuse occasionnelle. Mais poser la question nettement, pour éveiller à ce qui m'apparaît prioritaire dans tout parcours terrestre : « le cœur à cœur avec Dieu », n'est jamais inutile.

Même sur un lit d'auscultation ou au hasard d'une rencontre.

Cette double consultation, celle du praticien et la mienne, est teintée d'humour. Mais il me fallait vous la raconter. Peut-être pour vous aider à vous poser cette question essentielle : « Est-ce que je bûche ma foi ? »

Silence, que dis-tu ?

Dans l'immense salle, les huit cents jeunes se taisaient. Pas un bruit. Pas un mouvement. C'était comme si j'étais seul.

Je leur parlais de l'avortement. Donc, de la vie, de cette fleur inouïe qui est parfois coupée et jetée, alors qu'elle n'est même pas éclose.

Ce silence-là, je l'ai souvent senti devant des foules d'adolescents. Il me prend aux tripes. Que me dit-il ? Qu'une parole qui leur est donnée peut les transpercer jusqu'au fond de l'âme.

Il suffit de leur parler de la beauté et de la grandeur de la vie. De toute vie. Avec leurs mots. Avec la chaleur aussi d'un cœur d'adulte qui les sait torturés par les dérapages mortels du monde.

C'est un des plus beaux silences que je connaisse. Il a la beauté des cimes, la profondeur des océans, l'immensité de l'univers.

Tout silence parle.

Autre silence : celui de l'offensé. Il a cette capacité insondable de pulvériser, ne serait-ce qu'un instant, la violence de l'offenseur. Devant l'injure, la calomnie, la médisance, le silence a valeur d'éternité.

Ce silence dit le respect immense de l'agressé vis-à-vis de l'agresseur. Parce que ce dernier sait absolument qu'il écrase, piétine, flagelle. L'offensé, malgré l'affront qui lui est fait, en se taisant révèle, à celui qui le blesse sa propre blessure et le soigne mystérieusement.

Un mec que je connais bien, et qui meurt lentement d'un mal inexorable, m'insulte régulièrement à n'importe quel moment du jour et de la nuit.

Je connais sa souffrance indicible. Je sais qu'il a besoin de vider sur un être ses peurs et son angoisse. Sans cela, il exploserait ou se tuerait. Exsangue parfois, je me tais toujours.

Un jour, il m'a demandé, dans un rare moment de lucidité, pourquoi je me taisais ainsi. Je n'ai pas osé lui dire que j'étais son punching-ball.

Mais quel mental, quelle spiritualité inoxydable faut-il, de mon côté, pour accepter, assumer l'extrême limite où me plonge celui qui n'a plus d'autres paroles que celles qui blessent !

Le silence, alors, a cette vertu étrange de révéler l'amour insondable qu'on porte à un être profondément blessé.

Ma part de silence

Le silence, enfin, pour moi, c'est tout quitter, tout laisser et me réfugier, seul, dans le seul espace où Dieu nous emplit : le vide qu'on fait en soi, loin de tous, en pleine nature. Ce silence-là dit tout. Il dit que la créature que je suis est lasse du remue-ménage incessant, bruyant, où j'assume ma tâche de prêtre éducateur.

Mais que j'aille en Haute-Provence, où mes jeunes vivent en pleine nature, c'est le même bruit, la même agitation.

Dès que je le peux, je fuis sur une des cimes proches de la ferme. Monter sur des rochers escarpés, découvrir le nid rare d'un aigle, respirer l'odeur du thym sauvage et la lavande qui parfume la montagne, m'enchante, m'éblouit et me sauve.

Je me tapis très haut dans l'anfractuosité d'un rocher. De très loin, je vois la ferme où mes jeunes s'épanouissent. Je distingue le nuage blanc des deux cents pigeons-paons qui ne quittent jamais, mystérieusement, le périmètre de la propriété.

Le brame lointain d'un chevreuil égaré perce le silence. Les vautours, juste implantés dans la commune et sortis de leur cage, osent timidement un vol groupé au-dessus d'un immense espace qu'ils ont à apprivoiser.

Je m'arrache à ces lieux enchanteurs, porteurs d'éternité, pour redescendre vers la Bergerie emplie du cri des jeunes humains désarticulés. Si j'ose encore l'affronter après tant d'années, c'est parce que je multiplie mes espaces de silence.

Parce qu'ils disent tout.

Parce qu'ils permettent de discerner, loin de la mêlée. Ils sont la part inestimable que tout être doit conquérir de haute lutte.

Si le monde est si moche, c'est qu'il ne sait plus s'isoler et se taire. Si tant d'êtres courent après le paraître et l'avoir, c'est qu'ils ont biffé leur part de silence.

L'humain qui ose affronter le silence a l'éclat du diamant. Il a une avance considérable parce qu'il sait se réfugier là où rien, ni personne, ne peut l'atteindre.

Il peut tout endurer, tout assumer, parce qu'il sait que, de toute façon, il fuira dès que possible à l'écart.

Pour moi, le silence dit tout. Il me dit Dieu d'abord, que je retrouve toujours.

On n'écrira jamais assez sur le silence

La pire des saloperies que l'on fait aux jeunes de notre temps, c'est de leur donner tous les moyens pour emplir leurs yeux et leurs oreilles de bruits, d'images et de sons.

Écrire sur le silence est, aujourd'hui, le plus beau cadeau qu'on puisse leur offrir. Sur une terrasse, face à la mer, c'est ce que je fais aujourd'hui. Seuls quelques oiseaux viennent grappiller un peu de pain sur ma table.

Que la puissance des témoignages de ce livre puisse s'envoler vers ton cœur pour que tu trouves le temps, la force de tout laisser afin de méditer et de contempler. Tu ne pourras plus, alors, te passer de ces instants divins.

Ils seront ta cuirasse pour tout affronter.

Prêtre des loubards

S'il y a quelque chose qui me court sur le haricot, c'est bien l'expression « prêtre des loubards » !

Je n'y peux rien. C'est à cause du titre de mon premier livre, le seul imposé par mon éditeur. J'avais intitulé le manuscrit : « Avec ceux qu'on appelle des voyous ». L'éditeur avait préféré un titre plus vendeur, où le « prêtre » et plus encore la « violence » satisferaient, en dollars, l'appétit commercial qui est le propre de tout vendeur de papier.

Il avait vu juste. Mais ce titre, s'il me colle aux fesses, je ne le revendique pas.

Pourquoi ?

Mon identité de prêtre a toujours été, pour moi, prioritaire. C'est une question de dates et c'est mon histoire humaine. L'appel impérieux au sacerdoce date de 1948. J'avais treize ans. C'est une fois prêtre que la rencontre avec un jeune, perdu, m'a engagé au service des adolescents égarés. J'avais trente ans. C'était en 1965.

Projeté corps et âme au service du peuple des loubards, j'ai une double mission sociale et sacerdotale. Elles s'assemblent harmonieusement. On me demande partout d'en témoigner.

Souvent de façon purement laïque. J'aime prioritairement. Les profs, instits et assistants sociaux de toutes idéologies ou confessions en bavent assez aujourd'hui, pour que je leur apporte mon militantisme et que je vienne me réchauffer au leur.

Je tiens toujours à rejoindre la communauté chrétienne ou les contemplatifs du lieu où l'on me fait intervenir, pour dire combien ce peuple de loubards me situe au cœur de l'Évangile et de l'Église. Musulmans, juifs, athées viennent avec moi pour la prière. L'appel à l'universel de Dieu, pour chaque croyant ou incroyant qui fait cette démarche, est souvent exceptionnel, et jamais inintéressant.

J'affirme là que personne ne peut prétendre être le référent des plus pauvres. Sinon, il se prend pour l'arbre qui cache la forêt des militants, si nombreux, qui se coltinent dans l'ombre les souffrants d'aujourd'hui, avec en plus le manque de valorisation dont ils sont souvent victimes.

Vous me direz que mon blouson noir (totalement dépassé) me fige dans un rôle. Comment voulez-vous que je m'habille ? En soutane, le « saint habit » m'apparenterait aux *drag queens* de ce temps… Le *clergyman* est significatif, mais trop funèbre.

Je garde ce look de cuir, signe de combat, jusqu'au moment où je n'aurai plus la force de mener ma lutte. On verra bien après.

Ces quelques lignes, je les écris pour marteler que personne n'a le monopole de la pauvreté, de la

misère ou de la détresse humaine. Nous sommes tous
et toutes appelés, là où nous sommes, pour tirer,
pousser ceux qui n'ont pas eu la chance ni la force
de sortir de l'ornière.

Simplement, des hommes et des femmes se situe-
ront toujours, par vocation, sur les terrains les plus
difficiles qui soient. Au vu et au su de tous, parce qu'ils
en ont ressenti l'appel et que les médias les ont ciblés,
quels que soient la religion ou l'idéal humain qui les
animent.

Ils ne sont pas meilleurs que vous. Ils sont simplement plus exposés, parce qu'ils sont « signes ».
Ni exemplaires ni modèles, mais « signes », qui peuvent faire des petits et multiplier les combattants de
l'ombre.

Rester solidaires d'eux, ne pas les valoriser un
max est important. Et s'ils acceptent le « risque » des
médias, alors votre prière sera pour eux le meilleur
moyen qu'ils ne se prennent pas pour le Saint-Esprit.
Et qu'ils ne soient pas aveuglés par les projecteurs
braqués sur eux.

«Fais et ça se fera»

Il faut vivre authentiquement ces deux bouts de la réalité du chrétien : la compassion pour les plus pauvres et la totale confiance en Dieu qui nous permet de crier avec Lui : «Bienheureux les pauvres.» Un difficile équilibre à tenir. Sinon, on est écrasé.

Combien de militants qui s'étaient jetés avec passion dans la bagarre contre la misère ont craqué, baissé les bras, vaincus par trop de détresses !

Sans le regard confiant de celui qui rêve qu'un jour le monde peut être une terre heureuse où chacun gardera sa dignité, on ne peut tenir. Cette espérance-là, nous, chrétiens, la devons au Christ. Elle est invincible.

C'est cette invincibilité qu'a vécue mère Teresa. Son utopie résumée en deux phrases était au départ : «Je ne peux nourrir tant de gens crevant de faim. Je vais donc les aider à mourir dignement.»

C'était complètement fou !

Cette utopie a fait d'elle une des plus grandes figures emblématiques de l'Église du troisième millénaire.

Elle a répondu à un appel impérieux et mystérieux de Dieu. À corps perdu, elle s'est jetée dans la bagarre à mains nues, sans moyens. Elle était bien seule, la nuit où elle a découvert un vieil Hindou mourant dans un caniveau, dévoré par les rats.

Des dizaines d'années après, la terre entière la connaissait. Son action a suscité dans le monde d'innombrables bénévoles.

« Fais et ça se fera. » Cette maxime, elle l'a vécue et l'a fait vivre au-delà de l'imaginable.

Même si cette sainte femme s'est parfois lourdement plantée politiquement, elle reste une militante hors pair qui a suscité mille et une vocations.

Les deux faits suivants montrent combien le prophète est celui ou celle qui ouvre le chemin pour montrer l'autre rive.

Un homme très riche vient voir mère Teresa. Il lui demande de lui prouver l'existence de Dieu. La vieille femme se tait et continue sa tâche. Elle lavait un homme exhalant une odeur épouvantable et couvert de plaies.

La tendresse de ses gestes et cette tâche de compassion si belle ont fait dire à l'homme, après sa visite :

— Il est impossible que Dieu n'existe pas quand on est témoin d'une telle scène !

Le deuxième fait m'a toujours fort impressionné. Dans un mouroir où les sœurs de mère Teresa aidaient des gens à mourir, une personne voit, à l'heure de la prière, ce spectacle insolite : toutes les sœurs abandonnent leurs malades pour se rendre à la chapelle !

À la fin de la prière, la personne demande à mère Teresa pourquoi ses sœurs laissent ainsi, seuls, des êtres agonisants dont certains pouvaient mourir à tout instant.

— Ne vous inquiétez pas, lui répond mère Teresa, nous faisons l'impossible pour eux. Et Dieu sera là au moment où ils mourront. N'est-ce pas l'essentiel ?

Un phénomène qui grandit

Il devait s'ennuyer à la Curie romaine. Alors il a convoqué les jeunes à venir le rejoindre à Rome. C'était le jour des Rameaux, en l'an 1985. Jean-Paul attendait trente mille jeunes. Trois cent mille se bousculèrent à ce premier rendez-vous, qui est devenu, depuis, un événement prophétique pour la partie la plus sensible d'une population : sa jeunesse.

Cette réunion, devenue majeure dans l'Église, devance par ailleurs son temps. En 1989, Saint-Jacques-de-Compostelle anticipait effectivement l'Europe. Les nations s'y multiplièrent. En 1991, Czestokowa liait, pour la première fois, le monde communiste en lambeaux au monde occidental. En 1993 : Denver. C'était les JMJ, « défi » par rapport à une société de consommation. Il y avait quelque chose de très drôle et de significatif à passer en deux ans de la Pologne à l'Amérique.

L'idée de mettre les jeunes pèlerins en contact avec la population paroissiale du lieu d'accueil a commencé avec les Polonais.

Les risques de voir la jeunesse s'isoler de la population locale ont été corrigés là.

Quel souvenir, en effet, que celui de Saint-Jacques-de-Compostelle, où trois cent mille jeunes s'étaient retrouvés parqués dans un immense camp militaire dont il était difficile de sortir !

Se serrer à six pèlerins dans un F4 polonais où vivaient déjà dix personnes faisait prendre conscience de la pauvreté de ce peuple chaleureux et accueillant. Par comparaison, Denver offrit un contraste saisissant. Des villas somptueuses accueillaient nos corps harassés. Espace garanti. Moquette partout… y compris pour le clébard !

En 1997, Paris fut surpris devant une ruée juvénile inattendue. Une évangélisation nouvelle d'un Occident fatigué pointait là.

En 2000, Rome tentait bellement une réconciliation de l'humanité avec elle-même, aux sources mêmes de la tradition chrétienne. Le Jubilé en prime.

Les grincheux qui parlent de « foire mondiale de la jeunesse chrétienne » ou de « feu de paille » en sont pour leurs frais. Les cent cinquante nations représentées à Rome sont le signe indiscutable de l'internationalisation de ce rassemblement qui fait partie désormais de la pastorale des jeunes du monde.

Sans triomphalisme aucun, quelle religion peut rassembler autant de jeunes avec, comme seuls buts, enseigner, prier, célébrer et faire la fête ?

Le piège de parades aussi gigantesques qu'enivrantes pourrait être un réel péril pour une vie de foi responsable. L'Église, me semble-t-il, l'a évité jusqu'ici parce qu'elle a fait de ces rassemblements une source forte de réflexion, d'enseignement et de prière.

Que le succès ne lui monte pas à la tête et qu'elle se méfie de cette dérive où l'effet de masse, seul, jouerait.

Que des jeunes de toutes les religions se mêlent de plus en plus aux JMJ est significatif d'une soif qui dépasse toutes les barrières confessionnelles.

Rappeler que les JMJ ne sont qu'un moyen n'est pas inutile. Seuls la Parole de Dieu, les sacrements, la prière et des appels forts à une solidarité urgente sont les buts avoués de l'Église catholique.

Cette initiative se pérennise et prend une vitesse de croisière étonnante. Elle est devenue une aventure spirituelle qui correspond à une soif d'absolu. Pareille émotion collective ne peut manquer d'atteindre chacun d'entre nous. Cette initiative marque l'espérance en l'avenir. Elle est faite d'audace et de courage. Elle incite au militantisme. Elle renvoie sans cesse les jeunes à leurs lieux de vie habituels en les responsabilisant. Elle permet de tisser des liens durables avec les habitants du pays qui invite. Elle appelle surtout à une relation personnelle avec le Christ.

L'Église ne peut garder ce trésor pour elle-même.

Aux pionniers de demain appartient la lourde responsabilité de ne pas figer un phénomène inédit dans l'histoire de l'Église.

Chaque JMJ me saisit. Je reste imprégné, de longs mois après, par ces treize jours exceptionnels. C'est inexplicable. Mais c'est !

Les yeux lumineux des jeunes pèlerins rencontrés bien plus tard traduisent combien ce rassemblement est témoignage, avec la portée militante et universelle qui en découle.

L'urgence de la solidarité

Douze mille jocistes italiens ont remis aux représentants de pays pauvres un glaçon symbolisant les prêts octroyés aux pays du tiers monde. Quelques mètres plus loin, les jeunes à qui avait été remis le glaçon devaient rendre cet argent, évidemment impossible à restituer car ayant fondu !

Ce geste symbolique (quasiment passé inaperçu) a été, à mon sens, parmi les plus forts. Il y en a eu beaucoup. Ils marquaient l'urgence de la solidarité. La prière ne suffit pas. Appeler nos jeunes à combattre, quoi qu'il leur en coûte, pour bâtir un monde où la faim ne handicapera pas des nations entières, est un des impératifs majeurs de ce rassemblement.

Des jocistes à l'Opus Dei

La veillée de Tor Vergata terminée, je passe par-dessus une barrière métallique pour aller dormir. Et je tombe sur un groupe de l'Opus Dei ! Il est 1 heure du matin. L'immense camp fait la fête à côté de celles et ceux qui, explosés de fatigue, dorment profondément.

Le groupe rencontré par hasard me demande, dans les minutes qui suivent, un échange sur la prière. Je le fais avec joie. Puisse ce groupe ecclésial, connu pour son élitisme, comprendre que le Christ n'est pas parti des meilleurs pour fonder son Église. Mais de douze pauvres cons. Pauvres parmi les pauvres. Ne cherchant, au début, rien d'autre que les fauteuils de luxe étiquetés et réservés d'avance en vue du Royaume de Dieu. Il leur a fallu une sacrée dose d'Esprit saint, à partir de l'Ascension, pour se lancer dans l'aventure apostolique jusqu'au don de leur sang !

Pour une civilisation de l'amour

En contemplant dans la nuit le ciel étoilé, je m'émerveille de l'universalité des groupes innombrables composant ce gigantesque dortoir. Certes, tous ne partiront pas également avec, au cœur, la passion de l'action liée à la contemplation et le souci prioritaire des plus pauvres. Mais aucun ne rentrera, je pense, conforté dans l'absolutisme de sa seule sensibilité ecclésiale.

C'est déjà très important, quand on sait combien l'Église des adultes est déchirée par certains de ses courants au sein desquels des « chasses gardées », « défense d'entrer », « propriétés privées » rapetissent la Présence du Christ et l'universalité du message évangélique.

Tous les combats se mêlent. Ils sont indissociables. Mon « après-JMJ » c'est de continuer, avec acharnement, à bâtir avec mes jeunes une « civilisation de l'Amour », prônée inlassablement par Jean-Paul II.

Ces trois mots, martelés par notre vieux pape, ne deviendront réalité que grâce à une lutte tenace pour un monde plus juste.

Le combat pour l'action, lié à la prière, est de la véritable dynamite dans la vie des jeunes chrétiens.

C'est vers la lumière d'une étable (le seul endroit chaud où se blottissait le Fils de Dieu), et vers la lumière de sa vie de pauvre, de sa mort infamante entre deux gangsters, que l'Église doit sans cesse diriger nos regards.

Noël arrive pour nous le rappeler. Pour faire de nous « les sentinelles du matin », comme Jean-Paul a nommé joliment les jeunes du monde en les envoyant en mission.

« Guetteurs d'aurore », luttons, prions, aimons, partageons dès l'aube d'aujourd'hui.

Demain, il sera trop tard.

HUITIÈME PARTIE

Leçons de vie

tuk. « Les racines des pins ne sont qu'en surface ! »

Histoire d'un chêne

Cet été, j'ai entrepris de débroussailler un terrain à la Bergerie de Provence. Je l'avais laissé vierge intentionnellement depuis trente ans. Une multitude d'essences florales lui donnait, en effet, un cachet particulier que j'admirais en secret.

Las ! Les ronces le dévoraient. Avec un jeune, Mickaël, j'éradiquais l'ivraie envahissante, quand je suis tombé sur un chêne minuscule qui, miracle, survivait au milieu de cette jungle inextricable.

Je contemplai le chêne longuement. Mickaël, me voyant quasiment en lévitation devant cinq feuilles de chêne, me pensait quelque peu dérangé !

Je lui expliquai ce qu'était cet arbre sous l'ombre duquel Saint Louis jugeait ses sujets. « Ses racines, Mickaël, peuvent atteindre trente mètres de profondeur. » Je lui dis que seuls les chênes ont tenu ferme lorsque, il y a huit ans, des pluies diluviennes avaient provoqué des glissements importants de terrain dans notre propriété.

Je lui décrivis les blocs entiers de terre qui s'étaient détachés, entraînant des pins de dix ou vingt ans avec eux. « Les racines des pins ne sont qu'en surface ! »

Longuement, je lui narrai les qualités du chêne, sa puissance, sa ramure ombrée. «Tu te reposeras sous la fraîcheur de cet arbre, Mickaël, dans soixante ans. Et tu te souviendras.»

Nos jeunes citadins ignorent tout de la nature, de sa splendeur et de sa fragilité. Citadins, ils nous arrivent, Attila en herbe, saccageant tout ce qui vit de flore et d'herbe. Avec une innocence criminelle qui me fait bondir.

Demandez-leur de cueillir une fleur, ils arrachent la plante avec ses racines! Interdisez-leur de planter des pointes dans un arbre! Dès qu'on a le dos tourné, ils vous enfoncent un méga-clou dans un pin superbe. Quelques années après, l'arbre s'étiole et meurt.

Le flagrant délit est assuré quand, pris d'un vertige amoureux, ils vous blessent un arbre en sculptant un énorme cœur dans l'écorce. Leurs initiales et celles de la belle convoitée sont la pièce à conviction irréfutable.

La sanction tombe alors, implacable. Leurs paies s'en ressentent. Rien de tel que de toucher au portefeuille pour qu'ils deviennent des écologistes distingués!

Leur montrer une orchidée rare est un enchantement.

Un de mes Attila, apparemment conquis par mon discours sur la protection de la nature, avait acheté en secret des oignons qu'il avait plantés au gré de sa fantaisie. Merveille du printemps! Je découvrais, un peu partout, narcisses, jacinthes et autres beautés surgissant dans les endroits les plus inattendus. Le loubard avait la main verte !

Son cadeau, je l'ai apprécié infiniment.

Enseigner à nos enfants ce que nous avons appris est un des impératifs majeurs. Il en va de la survie de l'humanité.

Afin que nos enfants dégustent, un jour, la fraîcheur de l'ombre du chêne et la communiquent à leurs enfants…

Redoutable paternité

Comme tout loubard qui se respecte, il avait, en un quart d'heure, tout repéré : l'intérieur de la maison, le jardin… et le poulailler. Il entre peu après avec une des poules qu'il caresse tendrement. Il a remarqué une légère coupure auprès de sa crête. Tout de suite, il établit un plan Orsec : le Samu, pansement, bande, etc. Je le convaincs qu'un peu de mercurochrome fera l'affaire. Il accepte.

Avec des gestes très doux, il soigne la poule éberluée de tant de délicatesse.

Et pourtant, Yann est d'une violence rare : insultes à mes adjoints et tension permanente dans ses rapports avec les autres jeunes. À base évidemment de « nique ta mère », « pédé » et autres amabilités qui entretiennent, comme chacun sait, cette atmosphère harmonieuse caractéristique de la banlieue dont il est issu.

D'un seul coup, la tête appuyée sur celle de la volaille, il me montre sur son crâne rasé des traces de coupures, qu'il me commente d'une voix neutre :

— Ça, c'est mon père avec un couteau… Ça, c'est ma mère avec une fourchette.

Je comprends pourquoi la juge lui a interdit de revenir dans le nid familial. Je ne dis rien. Les yeux de Yann, je le sais bien, ont cherché en moi, dès les premiers jours, le père rêvé, fort et tendre. Cette paternité, je dois l'assumer. C'est mon métier. Et, plus haut que mon métier, c'est le sens donné à ma vie de célibataire. Sans jamais être leur père, que je respecte et que je tente de leur faire retrouver (un jour souvent lointain), je dois assumer ce qui les aidera à être un jour adulte : une image forte, positive, solide, aimante.

Hospitalisé pour une opération du ménisque, j'avais interdit à mes adjoints de donner le numéro de téléphone de ma chambre. J'étais à peine sorti de la salle d'opération que Guillaume m'appelle. Apprenant mon hospitalisation, il avait simplement prospecté tous les hôpitaux de Paris et banlieue… Marié et père de deux enfants, travailleur acharné, il m'a souvent dit que son père, c'était moi. Je m'en suis toujours défendu. Mais j'ai le souvenir d'une tête couverte d'ecchymoses quand le juge me l'a confié, voici vingt ans. Il avait été frappé quasiment chaque jour.

Il y a peu, rencontrant son vrai père dans la rue après des années d'éloignement, il l'a écarté brusquement d'un terrible : « Monsieur, je ne vous connais pas !» Rupture définitive ? Le pardon peut être de l'ordre du miracle.

En attendant, je me dois d'assumer cette redoutable paternité.

Providence… le signe imparable

La messe est finie. Je salue les paroissiens dehors. Une dame veut me parler discrètement. Je l'écoute sous le porche.

«Mon mari est décédé. Il avait tellement peur que je l'aime pour son argent qu'il m'avait toujours caché la petite fortune qu'il possédait. Je veux la partager et aimerais vous faire un don substantiel pour vos jeunes.»

Je la remercie en lui précisant que je n'aime pas recevoir de l'argent lié à la prière. «Partage avec ceux que tu connais et qui sont dans le besoin. S'il te reste quelque chose, j'accepte», fut ma réponse.

Quelque temps plus tard, elle m'envoyait une petite somme, le prix exact de la ruine de Faucon que j'avais repérée et qui était en vente.

C'était le signe de la Providence, il y a vingt-six ans.

Quinze ans après, la maison bâtie, plus une grande et belle terre fertile et une grange, touchant les cinq hectares que nous avions déjà, m'étaient proposées par un paysan ami à la retraite, André.

Je refusai, malgré son insistance. Je n'en voyais pas l'utilité. Et puis je n'avais pas un sou de côté.

« Vous êtes riche, curé, martelait André, le propriétaire. Et puis, avec vous, je suis sûr que cette terre sera cultivée. »

S'il avait raison pour sa deuxième affirmation, il se trompait pour la première. Mais, ayant vu mes efforts acharnés durant dix ans pour construire avec mes jeunes le superbe mas provençal actuel, à partir d'une ruine envahie de ronces et de couleuvres, il pensait sans doute que j'avais la clef de la banque du Vatican !

Le soir de sa dernière proposition (après quoi l'affaire me passait sous le nez), je bénis la terre à vendre en disant au Seigneur que si cela Lui convenait, j'accepterais de l'acheter. Le lendemain, j'avais un rendez-vous avec un couple qui désirait me rencontrer. Au cours du repas, comme le mari s'informait de ce dont j'avais besoin, je parlai naïvement de la terre et de la grange à vendre. Stupéfait, je l'entendis m'en demander le prix. Au dessert, il me proposait d'accepter la somme correspondant à l'achat.

C'était, pour l'avenir de Faucon, providentiel. Mais je ne m'en rendais pas compte. Je n'imaginais pas encore, en effet, l'importance que prendraient les bêtes. La zoothérapie n'était alors que balbutiante.

Avec l'achat de prairies arrosées par un canal issu du torrent du Baou, les bêtes se multiplièrent.

Au cours de la construction de la Bergerie, je me souviens d'un moment inoubliable. J'étais assis avec un jeune devant la maison en construction. Les travaux avaient été arrêtés au premier étage, faute d'argent. Découragé, je lui faisais part, devant la maquette du mas tant rêvé, de mon désir de stopper les travaux, de mettre un toit et d'en rester là.

— Mais, Guy, tu nous dis toujours que Dieu nous aime, nous les pauvres. Est-ce que tu ne le crois plus ?

J'avoue que cette réflexion m'a soudain dynamisé.

Mon premier livre, *Un prêtre chez les loubards*, explosait en librairie peu de temps après. Les finances affluèrent et la maison rêvée de trois étages, tour comprise, s'acheva.

La part de la Providence est, pour un chrétien, le signe qui authentifie une action. Il faut, pour cela, avoir de l'audace, des mains nues et un détachement total. Elle nous laisse dans l'action aux prises avec mille difficultés à assumer, mais elle veille sur nous et répond au moment où l'on s'y attend le moins. Parfois au-delà de ce qu'on a pu rêver.

C'est souvent après que l'évidence du signe providentiel apparaît avec fulgurance.

Quant à la terre du vieux paysan qui tenait tant à ce que je l'achète avant qu'il ne meure, j'en décore deux morceaux situés au bord de la route.

Des « soleils » éclatants et des fleurs multicolores sont le sourire de la terre que j'envoie à André qui est dans l'Amour.

Les brebis perdues des JMJ

Lors des JMJ parisiennes, je vais à Bercy où l'on m'avait demandé de témoigner de l'Église devant vingt mille jeunes. Moment radieux, car je me souvenais, deux ans auparavant, d'un concert superbe de Bruce Springsteen auquel j'avais assisté dans ce même lieu, parmi quarante mille mains ovationnant le crooner américain. Je rêvais, ce jour-là, de voir ces mains se lever pour Jésus-Christ.

Le rêve se réalise au moment où le Saint-Sacrement est exposé dans cette salle de concert devenue temple. Ému et grisé par la foule ovationnant le Christ, je pars sur un nuage pour un autre échange.

Un jeune m'interpelle dès la sortie.

Je l'avais repéré. Les cheveux teints aux couleurs du cacatoès, il était particulièrement reconnaissable. Il me suivait partout, d'église en église.

— Tu parles sans cesse de l'Amour de Dieu. Dieu, je n'y crois pas. L'Amour n'existe pas… Pourquoi en parles-tu ?

Une discussion, ou plutôt une écoute forte et longue, s'ensuivit. Qui pèse le plus alors ? Vingt mille jeunes qui m'écoutent dix minutes, ou un seul jeune qui stoppe mon rendez-vous pour que je l'écoute ?

Nous, chrétiens convaincus, saisis par l'enthousiasme que suscitent un tel rassemblement et sa portée spirituelle, oublions trop souvent que maints jeunes, attirés par cette allégresse contagieuse, se blottissent au cœur de la foule, sans pour autant connaître Dieu.

D'autres, à la foi vacillante ou simplement en quête de réponses, se joignent à un groupe de copains militants chrétiens, ou bien sont entraînés par une copine ou un ami. Nos enseignements sur la foi, les sacrements, la prière ou le mystère de l'Église les laissent de marbre. Ils semblent ne rester sensibles qu'à la fête.

À chaque JMJ, ma démarche a toujours été de tenter de les détecter. Facile. Ce sont eux qui me repèrent les premiers. Je n'ai pas à aller à la pêche aux brebis perdues. Elles m'ont déjà pris dans leurs filets… Comme le jeune à la sortie de Bercy. Ils ont le culot de leur âge et de leur marginalité. Ce qui détonne au milieu de jeunes chrétiens bien sages qui attendent impatiemment l'orateur pour écouter sa catéchèse. Eux vont droit au but, se foutant comme de leur premier joint des enseignements programmés à l'avance.

À Rome, j'allais attaquer mon prêche que j'avais particulièrement bien fignolé, quand un jeune m'interrompt :

— Guy, dis-nous ta joie d'être prêtre.

Merci, Olivier, d'avoir osé m'interpeller sur ce qui fait la joie et le cœur de ma vie. On me demande si rarement de l'exprimer ! Tu avais raison. Le manque de prêtres, la crise des vocations, l'Église en débat jusqu'à l'overdose. Aller à l'essentiel comme tu l'as fait, c'est arracher des tripes d'un prêtre le bonheur qu'il a de l'être. Ça peut faire des petits !

Voir aussi leurs copains et copines s'abîmer dans d'intenses moments de prière, happer une parole qui leur va droit au cœur, laisse espérer que celle-ci sèmera plus profond qu'on ne pense. La contagion de la foi, ça existe. Le reste est l'affaire de Dieu.

J'en ai vu les fruits grâce au seul jeune que j'ai emmené cet été. David, un adolescent belge, était venu à Paray-le-Monial « seulement comme garde du corps », m'avait-il bien précisé, et pour cinq jours uniquement (à cause d'examens loupés qu'il devait retravailler).

Un drame familial terrible lui avait ôté toute foi.

J'ai souri de sa proposition, tout en étant ravi de son aide permanente à mes côtés, moi qui devais répondre aux mille sollicitations des jeunes qui m'entouraient.

Avant de partir pour Rome, je visitai tous les soirs le bar où tant de jeunes de Paray, chômeurs ou paumés, se retrouvent, puis j'entrai à 2 heures du matin dans la chapelle de la Visitation où était exposé toute la nuit le Saint-Sacrement.

Fidèlement, mon « garde du corps » me suivait. Sans plus. Un soir, étonné, je dus le prier de quitter son banc où il était plongé dans une méditation profonde.

Il est reparti de Paray-le-Monial, comme prévu, sa mission accomplie.

J'arrivais juste dans la capitale romaine quand il m'a appelé pour me dire qu'il était… à l'aéroport de Rome.

Toujours « garde du corps » mais de plus en plus priant, il est reparti vers la Belgique, radieux.

Il m'écrivit, deux semaines plus tard, qu'il avait eu ses examens.

Il avait été marqué au plus profond de lui-même. J'en fus le témoin. Je le disais plus haut : la contagion de la foi, ça existe. Le reste, c'est l'affaire de Dieu.

Et cette affaire-là, c'est le « don de croire ».

J'ai vérifié – avec combien d'autres évêques, prêtres et chrétiens – qu'un des grands fruits de ce type inédit de pèlerinage est le « don de la foi ».

Visiteurs illustres

Nous avons de nombreuses visites à la Bergerie de Provence. Près de deux mille personnes dans l'année. C'est un signe de santé. Seuls, nos jeunes accomplissent le service de guide avec une constance qui me fait chaud au cœur. Beaucoup de donateurs font cette démarche. Elle est saine. Ils voient, vérifient et surtout responsabilisent sans le savoir nos jeunes qui en sont les chevilles ouvrières.

Admiratifs de la beauté du site, des enclos, ils passent de bête en bête sous l'œil vigilant de nos ados qui sentent, là, que leur travail est valorisé.

Certains visiteurs illustres apportent à nos jeunes une image contrastée et inédite, laissant quelques traces dans leur cœur.

Nos bêtes, de leur côté, ne sont pas indifférentes à cette présence de VIP. Elles réagissent selon leur sensibilité animale… voire politique ou religieuse.

L'évêque de Digne, François-Xavier, nous rend souvent visite. Bon pépère, tout en rondeur, il est un grand-père pour nos jeunes.

De passage, l'évêque de Reims, impressionnant et massif, rougeaud et en short. Il ne lui manque, selon un des jeunes issu des grands ensembles, « que la baguette de pain dans la main droite et le litron de rouge dans celle de gauche »…

L'évêque de Montluçon, Philippe, jeune et très drôle, venu pour présider la fête paroissiale de Saint-Christophe, a conquis nos loubards. Sa facilité de contact et ses boutades restent dans leur mémoire. Débarrassés de leur panoplie religieuse, apparentée à un « déguisement de théâtre » (selon un autre de nos loubards), ces princes de l'Église démystifient les hommes religieux, hiératiques et solennels dont ils donnent l'apparence.

Nicolas Sarkozy, ancien ministre, maire de Neuilly et détenteur de mille autres titres, a tenu à nous rencontrer. Le maire de la commune, Jean-Pierre, partageant avec moi la même sensibilité politique de gauche, faussement alarmé et hilare, m'a demandé si je n'avais pas « changé mon fusil d'épaule ». Je l'ai aussitôt tranquillisé. Sachant que Nicolas Sarkozy est un animal politique assez retors, je l'ai d'emblée mis en contact avec « Popeye », un splendide sanglier mâle de cent cinquante kilos.

La bête, habituellement gourmande, refusa après l'avoir seulement effleuré le pain qu'il lui tendait. Soit « Popeye » est de gauche et son refus est justifié ; soit cet animal, fidèle en amitié comme dans ses inimitiés, a voulu signifier à Nicolas qu'il devait avoir davantage de rigueur dans ses alliances politico-amicales. Allez savoir !

Si cet homme politique revient, je le mettrai cette fois en relation avec « Bip-Bip », l'autruche mâle. Cet incontournable volatile ne parade devant le visiteur que s'il est en plein accord avec lui. Sinon, il s'en détourne d'un seul coup, lui signifiant son mépris en lui montrant la partie la moins esthétique de son anatomie. C'est d'un chic absolu. Mais cela a le mérite d'être clair.

Sœur Emmanuelle nous a laissé une image inoubliable. Après la visite de la propriété qu'elle a voulue complète, j'ai célébré l'Eucharistie avec elle. Dès la messe commencée, Aïs, notre splendide berger des Pyrénées, s'est assise pieusement auprès d'elle. Notre chienne anticipa le baiser de paix en mettant son énorme patte sur la main de la religieuse qui la serra vigoureusement au moment liturgique adéquat.

Geste de paix parfaitement écologique !

Le corps blessé : « objet » ou « sujet » ?

Un mec m'appelle au secours. Je fonce, sachant d'avance sa difficulté de vivre. Il en veut au monde entier. Je l'écoute. L'entretien est pacifique au départ, puis, d'un seul coup, il m'envoie un violent coup de pied dans la poitrine. La souffrance me fait plier. Les larmes jaillissent sous la douleur.

Le mec, perdu dans son délire paranoïaque, me reconnaissant tout à coup, se met à genoux et, penaud, s'excuse en essuyant mes larmes.

Je le quitte une fois qu'il est calmé.

Mais ma douleur, elle, n'est pas tarie. Diffuse d'abord, elle s'accentue. J'ai de plus en plus de mal à passer les vitesses. « Direction les urgences, me dis-je. On me dira ce que j'ai et on me soignera. » Je fonce à l'hôpital.

Je n'attends pas trop longtemps. Avant moi attend un alcoolique qui a percuté plusieurs bagnoles et qui insulte les flics avec un vocabulaire d'une richesse qui laisse pantois. Le chef des pandores, me reconnaissant, a droit à mon habituel : « Vous avez un des métiers les plus nobles qui soient, vous qui êtes au cœur de la souffrance humaine. »

Ça semble le réconforter.

Un jeune, sortant de son cours de karaté avec un genou blessé, est toujours en kimono.

Et puis c'est mon tour.

Le médecin de service me demande où j'ai mal. En dix secondes, il tâte les deux points douloureux et me confie au radiologue. Radios de face et de trois quarts. Affaire classée ! « Sans doute fêlure d'une côte et luxation », me dit-il rapidement.

Nanti d'une ordonnance de pommade et calmants, je dois quitter les lieux. Place aux autres.

— Impossible de trouver une pharmacie ouverte à cette heure ! me dit l'infirmière, me tendant un gobelet d'eau avec deux cachets de calmants.

— Est-ce qu'ils provoquent la somnolence ?

— Vous n'avez pas l'habitude des cachets ? me répond-elle, étonnée.

— Non.

— Alors attendez ce soir pour les prendre !

Il est tard. Je redémarre avec toujours la même douleur lancinante. Et puis j'ai faim. Je rentre dans un resto chinois que je connais.

Le vieux Chinois me voit grimacer sous le poids de mes sacs.

— Toi, mal ?

Je lui explique.

Alors, avant que je passe à table, il m'invite à m'asseoir et, longuement, très longuement, me masse où ça me fait mal. Je peux enfin lever le bras droit sans douleur.

Je dévore mon repas et le remercie d'avoir

deviné mon mal et, gratuitement, de l'avoir apaisé.
Les vitesses passent sans douleur.

Il est 2 heures du mat. En rentrant me coucher, je
longe une forêt. Avec mes chiens sur les talons, je
pars dans la nuit pour deux bons kilomètres de
marche qui m'apaisent. Et, sous les étoiles, je rêve
d'un corps blessé qui ne soit plus jamais « objet »
mais « sujet ».
C'est-à-dire que nos médecins français deviennent
chinois…

Un après-midi en prison

Certains regards me percent et me fuient. D'autres, joyeux, me reconnaissent et s'avancent pour me saluer. D'autres encore se demandent si je suis un nouvel arrivant.

Malgré la liberté totale d'aller et venir des prisonniers, on sent les murs suinter l'anxiété, dans cette société close d'une centrale où des hommes purgent de très longues peines. L'aumônier m'y avait convié, il y a peu, pour une journée.

C'est toujours une redoutable appréhension qui me noue les tripes. Aucun autre lieu au monde ne me saisit avec autant de force. Ces longues peines (l'un des prisonniers boucle trente ans) font entrer dans un royaume où le moindre faux pas, la moindre réflexion à l'emporte-pièce vont avoir une résonance insoupçonnée. La parole de celui qui passe est malaxée, passée au crible par ceux qui, pour la plupart, sont des bannis dont les délits ont parfois été terrifiants.

L'aumônier me mène au travers de couloirs sans fin, de cellule en cellule, avant de rencontrer ceux qui désirent échanger avec moi.

Je confesse un des prisonniers qui va recevoir le sacrement de confirmation. Une première pour moi, et pour lui aussi. Le sacrement de réconciliation a, dans ces lieux, une signification à nulle autre pareille.

Nous nous dirigeons vers la vaste chapelle qui sert de salle de réunion. Je dois me présenter. Longuement.

Les yeux posés sur moi ne me lâchent pas.

Échange très fort au sujet des empoignades parfois physiques avec nos jeunes. Certains détenus battus, martyrisés durant leur enfance, me questionnent pour savoir si l'affrontement physique avec des adolescents très perturbés s'avère nécessaire dans certains cas. Je les regarde et leur dis, en fin d'échange, que j'ai la certitude que, moi aussi, j'aurais pu les rejoindre sur les mêmes bancs si j'avais eu une enfance massacrée comme la leur.

Nombreux me broient la main avant que je ne les quitte. L'un me supplie de retrouver son père qui ne veut plus ni lui écrire ni recevoir la moindre lettre de lui. Un autre, c'est sa femme partie avec ses petits qui le hante.

Le Christ est là, vivant, crucifié à travers ces visages d'hommes. Et pourtant, quels calvaires eux-mêmes ont-ils fait vivre à leurs victimes !

Insondable mystère.

Un chrétien priant et voulant aller jusqu'au bout du « Notre Père » peut vivre ce mystère-là. Seule une équipe d'aumônerie faite de premiers de cordée peut être à la hauteur dans de tels lieux.

Je griffe, sur un livre offert au surveillant à la porte d'entrée, ces quelques mots : « Sois un homme debout », dont je commente la portée : « Puisses-tu ne jamais t'habituer à la détresse de ceux qui expient de lourds délits. Pour cela, sois un homme pétri de tendresse et de force. »

Une perruche en prison

Une perruche éprise de liberté s'échappe de sa cage. Mal ou bien lui en prit, elle atterrit sur le rebord de la fenêtre… d'une cellule de prison.

Le prisonnier qui occupe cette cellule pour de nombreuses années est éperdu de joie. Il contemple longuement l'oiseau. Ancien homme des bois, il retrouve grâce au volatile multicolore les forêts qu'il a habitées durant tant d'années.

L'oiseau, sans doute attiré par quelques miettes de pain, entre dans l'espace pénitentiaire… et décide de s'y installer. Le prisonnier découvre d'un seul coup que, si son délit l'a conduit dans une tombe pour longtemps, il ne sera plus jamais seul.

Une cohabitation fusionnelle et conviviale s'installe. Une cage est construite avec la bénédiction tacite du directeur de prison, Jean-Louis, malgré l'interdiction dans une centrale d'héberger tout volatile, « sauf descendu du ciel », précise, avec humour, cet homme légaliste et jésuite à la fois.

Invité par lui dans cet établissement pénitentiaire, je me soumets au rite pour lequel j'étais venu : parler à quatre cents détenus, aux longues peines, à travers une vidéo retransmise dans toute la prison. Puis je rends visite, cellule après cellule, à de nombreux prisonniers.

Je tombe sur le détenu ravi de me recevoir dans son humble dix mètres carrés. Il me présente son compagnon dont je déplore aussitôt la solitude. L'oiseau m'apparaît au bord de la dépression.

Je propose de lui offrir la compagne qui lui donnera la joie d'un partage conjugal, source de sa future sérénité. Jean-Louis, pince-sans-rire, m'objecte que, s'il ne peut outrepasser le règlement, un visiteur de marque peut le faire à ses risques et périls. J'accepte volontiers ce risque plus que minime en payant une femelle à cette perruche condamnée au célibat.

Le lendemain, le directeur, souriant et complice, s'en va la chercher au marché aux bestiaux. Il la trouve sans peine et la rapporte au détenu. Les larmes de l'homme des bois émeuvent profondément Jean-Louis quand il sort d'un carton la compagne qu'il lui offre de ma part.

Un geste humain, dans un enfermement qui souvent abêtit et tue à petit feu, peut rendre la vie à celui qui a fauté.

Photos salissantes

«Un cameraman est resté posté toute la nuit, et sous la pluie, en face de la prison», me dit le directeur. L'opérateur guettait la possible sortie de Patrick Henry.

Le chef de l'établissement me confiait sa lassitude et son écœurement face aux demandes d'interviews qui affluent et qu'il refuse systématiquement.

Visitant la prison, de cellule en cellule, je rencontre Patrick. Homme un peu tassé, au visage diaphane, il a opéré en prison une véritable reconversion personnelle et spirituelle. Le tueur pervers, qui avait fait «peur à la France», selon le mot célèbre d'un speaker de télévision, est un homme nouveau. Sa réinsertion semble évidente et rend possible son départ du centre pénitentiaire. Ce qui peut être signifiant, pour tant d'autres prisonniers, en les appelant au plus haut durant leur incarcération.

Mais les proches de la victime restent à l'affût, toujours blessés par l'horreur diabolique du geste criminel commis il y a vingt-cinq ans. Toute image de Patrick Henry, une fois libre, serait une insulte aux victimes.

La campagne qui provoque tant de remous pour
la libération ou non de Maurice Papon n'est pas inin-
téressante. L'humiliation mondiale que subira Maurice, jusqu'à la fin de ses jours, vaut tellement plus
que toute incarcération prolongée, à quatre-vingt-
dix ans…

À condition qu'à sa sortie, des caméras ne ravi-
vent pas les plaies toujours à vif des proches de ceux
et celles qu'il a abattus avec son seul stylo. Et qu'en
toute justice d'autres voix s'élèvent pour faire libérer la quinzaine d'autres condamnés âgés de plus de
quatre-vingts ans. (À condition également que les
fautes de ces vieux criminels de droit commun ne
soient pas assimilées aux crimes contre l'humanité
de Papon.)

La chasse semble ouverte en Angleterre pour pho-
tographier les visages de Robert et John, les deux
tueurs de douze ans qui ont massacré, il y a quelques
années, le petit James (cinq ans) à Liverpool.

Ils vont changer d'identité et pourront vivre parmi
nous sans que nul les reconnaisse. Sauf si un pho-
tographe arrive à les débusquer pour fixer leurs
visages d'adultes. Et rappeler sans doute au père de
James qu'il a juré de les tuer.

Et qu'il peut le faire.

Si nous laissons à ceux qui ont tué un espace de
miséricorde par la liberté accordée, laissons-les vivre
avec leurs remords et l'espoir de leur rédemption. Le
plus strict anonymat s'impose pour cela. (Aux ex-

bourreaux, bien sûr, de ne pas chercher à réoccuper la scène publique.) Sinon, photographes et lecteurs, assoiffés de sordide, nous nous mettons en position de complices des bourreaux. Comme «voyeurs».

Et, au fond, nous salissons les victimes en prolongeant leur calvaire.

Fous d'amour

Les adresses du Christ

Il est 3 heures du matin. Je rentre chez moi, épuisé après trois heures d'écoute d'un ancien loubard. Ma voiture frôle l'église de mon quartier, Notre-Dame-des-Foyers.

Une lumière scintille à l'intérieur.

« Tu es là, Toi le meilleur des amis, lui dis-je. Bonne nuit à Toi qui nous as dit que Tu resterais avec nous jusqu'à la fin du monde. Tu sais combien je T'aime ! »

Je ne loupe jamais ce clin d'œil d'Amour avant de prendre du repos. Cette certitude qu'Il réside parmi nous dans l'Eucharistie est une Fête-Dieu permanente. Ce cœur à cœur rapide a la douceur d'une rencontre amoureuse qui m'emplit de joie. « Tu es là » suffit à apaiser tant de souffrances intérieures vécues durant mes journées, lourdes de multiples cris et d'appels de détresse.

Paris est bourré de Sa Présence. Chaque temple La recèle.

On passe devant tant d'églises ! Pourquoi ne pas quitter brutalement l'agitation et la fièvre des rues pour pénétrer dans le sanctuaire ouvert et Lui donner ne serait-ce qu'une minute ?

Lui jeter nos soucis, notre amour, en vrac. Seulement une minute. Elle risque de se prolonger si, d'un seul coup, on se souvient qu'il est urgent de dire à l'Amour infini qu'on L'aime. Alors on s'aperçoit de la formidable pauvreté de nos journées où on cible tout, sauf l'essentiel.

J'aime, en train ou en voiture, Le saluer quand le paysage se pique de clochers qui rappellent Sa Présence. En avion, c'est plus difficile…

Saint François d'Assise, devant chaque église rencontrée, se prosternait face contre terre et clamait très fort son immense amour « personnel » pour le Christ. Sa dévotion au Saint-Sacrement a fait beaucoup pour son essor.

La nuit, à Paris, quelques églises sont ouvertes pour celles et ceux qui ont le besoin de s'agenouiller et d'adorer. Peu de personnes le savent. Veiller ainsi, au pied du Saint-Sacrement, sur cette ville gigantesque, est une immense grâce. Il est bon de faire connaître les adresses où l'on peut contempler, dans un silence absolu, Celui qui nous débarrasse de toute peur, de toute crainte.

« Ne crains pas. Je serai avec toi », nous a-t-Il dit. Il est si bon qu'on Lui rende la pareille, en Le visitant là où Il est.

Dieu est partout. Mais Il a de multiples adresses, absolument certifiées, puisqu'Il est incarné dans une hostie.

Une nuit, rentrant très tard avec un de mes jeunes, je ralentis pour prier devant Notre-Dame-des-Foyers. Devant sa surprise, je lui explique la signification de mon geste. Alors, il me décoche :

— Si c'est vrai, vous devriez jour et nuit être là, devant Lui.

Je n'ai jamais trouvé plus belle phrase pour signifier l'urgence de tout laisser, ne serait-ce que quelques instants, le temps de dire au Christ : « Tu es là. Je T'aime. »

Trois jours après… la clef !

Tu as suivi, pas à pas, l'exode horrible des huit cent mille Kosovars musulmans persécutés et exclus par les chrétiens de leur terre ! Onze nations chrétiennes ont heureusement refusé cet exode. Grâce à elles, les Kosovars sont revenus, expulsant les Serbes, par tous les moyens.

Terreur et joie, joie et terreur.

Joies et souffrances alternent dans ce monde pourri et superbe.

Revenons du Kosovo. Retournons chez nous. Au cœur de ce que tu vis. Tu découvres un(e) ami(e) ou un amour. Ta joie déborde. L'ami(e) ou l'amour te baise la gueule et te laisse K.-O. debout.

Jeune, cette souffrance-là, tu la vis tellement plus mal qu'un adulte ! Tu crois au début que tout amour est invincible, emporte tout. Et tu butes sur l'amour trahi, l'amitié qui fout le camp. Tu ne sais plus où te tourner. Et ta joie s'est barrée. Monde de merde ! dis-tu. Oui, nous sommes dans un monde de putains et de tricheurs. Là, tu as raison.

Mais, si tu en restes là, c'est suicidaire : parce que ce que tu condamnes chez les autres, tu risques de le vivre et faire vivre à ton tour. Alors, c'est le chaos.

Tu me diras : « T'es curé, toi, et t'es au-dessus de la mêlée. Tu comprends que dalle à ce que je vis. » Détrompe-toi. On m'a assez baisé la gueule, trompé, sali, volé, pour que je mette mon espérance joyeuse au-dessus de la mêlée putride des trahisons et des calomnies. Je l'ai placée haut, cette joie! Très haut. Si haut que personne ne peut me la ravir.

Elle est la joie de savoir que le Christ est ressuscité. Il en a chié au-delà de l'imaginable, le Christ. Trahi par ses meilleurs potes, saigné vivant, et mis à poil pour mourir avec un max de souffrances, Il nous a montré, trois jours après, que tout mal, le pire soit-il, sera vaincu.

Si ma certitude n'est pas là, alors ma vie n'a plus aucun sens. Avec mon habitude (totalement barjot, je l'avoue) de prendre en charge les jeunes délinquants, exclus parmi les exclus, j'y gagne quoi? Des emmerdes, et des sacrées.

Mais aussi de superbes résurrections.

Tu bosses deux ans, cinq ans, dix ans à côté d'un mec qui retombe sans cesse. Et puis le miracle. Une résurrection étonnante. Si subite qu'elle me fout le cul par terre. Mon charisme d'éducateur n'a, là-dedans, que peu d'importance. Le regard que le Christ porte sur ce mec est autrement performant. Il me faut être au top pour transmettre cette lumière qui me dépasse et dont je suis le passeur. Miracle de la vie intérieure qui, cultivée, entretenue avec acharnement, porte un fruit étonnant : la joie. Une joie inaltérable, qu'aucun échec ne brise ni n'éteint.

La joie de savoir que l'amour vient à bout de tout. Que la haine déversée à travers journaux, médias et affaires sordides ne m'atteint pas.

Jean-Paul II a dit ceci que je garde comme un trésor : « Si tu aimes et si tu sais que cet amour vient de Dieu, tu es invincible. » C'est la plus belle phrase, à mon sens, de son pontificat. Et c'est la clef du jubilé. Il a commencé le 24 décembre 1999, avec la messe de minuit, et il s'est s'achevé le 6 janvier de l'an 2001. Il t'appelle au repentir et à la conversion. Rien de plus. Rien de moins. À chacun de nous de se dire : « Ma connerie et mes dérapages participent à ce monde de merde. Alors, j'ai à me mettre à genoux pour demander pardon. »

Et aussitôt, debout, pour me changer et changer les autres.

Si tu crois que le monde changera dans la mesure où toi tu veux changer, tu as tout compris. Et tu entres dans cette civilisation de l'amour si chère à notre pape.

Pas n'importe quel amour ! Celui du Christ qui nous crie dans l'Évangile : « Soyez toujours joyeux ! »

Le monde n'est pas plus moche qu'il y a deux mille ans : il est porteur d'un égoïsme, d'une volonté de puissance, de l'écrasement des plus faibles ; il est aussi porteur d'une joie pas possible par la Résurrection d'un Mec, né comme le plus petit de tous et mort dans les conditions les plus infamantes.

Trois jours après, il nous a donné la clef : Il est ressuscité.

Le pain de l'Espérance

Mon ministère est de mettre l'espérance dans la désespérance. Et si je n'avais pas l'Espérance absolue du Christ, y a pas de lézard, je me serais déjà tiré une balle dans la tête. Dans ce monde ne règnent apparemment que le paraître, le cul, la possession, une rapacité presque démoniaque…

D'abord, mettre de l'espérance humaine. Dire que nous n'utilisons que 10 % de notre énergie ! On a une force prodigieuse qu'on sous-exploite. Mais ce capital merveilleux ne peut être révélé que par le regard de l'autre, un regard d'amour qui dise : « Tu es beau. » C'est le regard d'amour qui porte l'autre à l'espérance.

Seulement, l'espérance est limitée quand elle n'est qu'humaine. Et, quand tu places ton espérance uniquement dans un amour humain et que celui-ci s'effondre, tu prends une sacrée pelle.

L'espérance absolue, c'est que l'Amour de Dieu est sans faille. Dieu m'aime de façon absolue, totale et définitive, quoi qu'il arrive, voilà mon espérance !

Mais l'espérance s'use, et le mal est corrosif. L'espérance invincible se bâtit dans le silence de la prière quotidienne, quand tu t'assois pour Dieu et que tu restes là, devant Lui. Mon espérance se nourrit de cette heure quotidienne d'oraison, de ce bréviaire du matin, de mon chapelet. C'est une nourriture aussi indispensable que le pain.

Puis l'Eucharistie, bien sûr, qui est le cœur même de l'Espérance. Enfin, le sacrement de réconciliation : l'espérance que toute faute sera pardonnée. Un max d'espérance !

Voilà les deux plus grands sacrements, car ils te permettent de repartir neuf, quelque souillure et quelque désespérance que tu aies connues.

Au niveau de la société, seule la folie de l'Évangile – vis dans le nécessaire, partage, tolère, accepte l'autre, sors de toi-même… – peut apporter une espérance. Elle paraît en perdition, mais elle sera toujours soulevée, sauvée par des minorités enfouies, cachées, qui travaillent dans l'ombre. C'est le souffle d'espérance que donnent quelques êtres de lumière dans une société qui sauvera celle-ci.

Ainsi meurent les prêtres

Dans la sacristie, une quinzaine de prêtres entourent le cardinal Billé, archevêque de Lyon. Nous allons entrer dans la basilique de Fourvière.

Soudain, un prêtre âgé s'affaisse, s'accrochant à deux jeunots de l'Église qui le retiennent. Nous nous précipitons. On l'allonge. Un malaise, peut-être...

Un docteur arrive sur-le-champ.

On part célébrer.

Il meurt à la sacristie, pendant la consécration.

Je me souviens de mon curé, usé par sa tâche qu'il a assumée jusqu'au bout. J'allais tous les jours le voir à l'hôpital. J'avais quinze ans. Bourru, pète-sec, directif, il n'était pas très facile de contact. Mais la maladie qui le dévorait l'avait rendu plus proche, calme et serein.

Mes visites le réjouissaient fort. Il ne me le disait jamais. Je n'avais qu'à regarder ses yeux pour comprendre que j'étais sa relève et que c'était sa joie.

Comme j'entrais une dernière fois dans sa chambre, il tendit les mains vers moi. Je m'avançai et il expira dans mes bras, en articulant une dernière phrase que je n'ai pas comprise.

Sans aucun doute me passait-il le témoin.

Usés, les prêtres, ils le sont. Jusqu'à la corde. Mais ils vont jusqu'au bout de leur mission.

Partout, je les vois assumer mille petits services qui soulagent leurs confrères aux multiples paroisses. Sont-ils parfois à des années-lumière de ce que vivent les jeunes prêtres ! Qu'à cela ne tienne, ils restent.

Ayons pour ces « dinosaures » de l'Église la tendresse de ceux et celles qui admirent leurs petits pas où leurs dernières forces sont jetées. Rencontrons-les. Aimons-les.

Souvenons-nous de leurs multiples charges, de leur passage d'un Vatican à un autre. Ils sont passés d'églises pleines à des temples déserts. D'une pastorale triomphante à une Église qui semble ne rien signifier pour le monde.

Ces « baroudeurs » sont des apôtres au cœur de feu. Réjouissons-nous de leur présence dans l'Église. Réchauffons-nous auprès de leur cœur usé.

Ils restent des priants super-actifs. Ils sont des « guetteurs d'aurore ». La leur, qui pointe par la proximité de l'éternité qui approche. La nôtre, par leur combat inlassable qui nous permet de continuer à faire renaître l'Église sur les chemins de l'Espérance.

Ta joie d'être prêtre !

Les jeunes des JMJ étaient serrés comme des sardines dans un immense escalier, au pied d'une église romaine. Ils attendaient l'enseignement programmé.

— Guy, dis-nous ta joie d'être prêtre ! lance un adolescent stoppant brutalement mon prêche.

Sans doute, pour ce môme, ce haut lieu du rassemblement des jeunes du monde suscitait-il en lui l'espérance joyeuse que des prêtres lui avaient communiquée. Il voulait l'entendre de notre propre bouche.

Que j'ai aimé lui dire ma joie d'être prêtre !

J'ai expliqué mon appel précis, irrévocable dès l'âge de treize ans. Rien ne me préparait à cette mission. Sauf l'amour de mes parents.

Je lui ai dit comment cette préparation, longue et ardue, m'a amené à affirmer sans retour, entre les mains de mon évêque, seize ans après :

— O.K. ! Je marche avec toi, là où tu me diras le chemin.

Je lui ai précisé notre vigilance et notre attention aux signes qui jalonnent notre route. On pense jeter toutes nos forces pour labourer un terrain. L'Église nous appelle souvent vers d'autres pâturages, pour d'autres semailles.

Donner tout à Dieu, joyeusement, quotidiennement. Obéir parfois dans un total brouillard. Ne s'attacher à rien d'autre qu'à la grandeur de sa mission.

— Seule, la puissance de la prière rend alors le prêtre apte à aborder tous les terrains.

J'ai tenté de revenir, après trente-six ans de sacerdoce, sur le long chemin où, à partir des dons qu'il a décelés, l'évêque guide, conseille, dirige vers le peuple où l'on servira au mieux l'Église.

Dire à ce jeune que la place centrale de ma vie sacerdotale était l'Eucharistie allait dans la droite ligne de ce qu'il venait d'entendre de la bouche de Jean-Paul II :

— Mettez l'Eucharistie dans votre vie. Aimez-la. Adorez-la. Célébrez-la.

Faire l'Eucharistie est une aventure indescriptible. Entrer « dedans » en est une autre, fabuleuse, inouïe, incommunicable. Je précise bien que mon travail social d'éducateur spécialisé n'est pas ma priorité. C'est ma façon humaine de dire Dieu.

J'ai ajouté que la plus belle prédication d'un prêtre est celle qui fait descendre l'Amour dans ses mains nues. S'il le vit vraiment, cela se verra, cela se sentira. Sinon, à quoi bon pleurer sur le manque de vocations, si les ministres qui font descendre l'Amour n'en donnent pas l'appétit irrésistible ?

Dire notre joie d'être prêtre peut être autrement plus convaincant que de prédire, avec le catastrophisme habituel, des églises vides faute de pasteurs. Sujet rebattu jusqu'à l'overdose dans l'Église actuelle.

Les mots qui jailliront du cœur d'un prêtre pour dire humblement ses échecs, son labeur inlassable et sa joyeuse espérance, sèmeront autrement plus large et plus profond.

Sans oublier, bien sûr, la supplication inlassable que Dieu envoie des ouvriers pour sa moisson.

Merci, Olivier, d'avoir arraché de mon cœur ce qui fait la joie de ma vie.

Tibhirine aujourd'hui et demain

Huit jours de retraite, en fin d'été 2000, avec les six moines de Tibhirine regroupés pour l'instant à Alger, ont été pour moi une grâce, un choc et une source de méditation.

Émouvante, pauvre, chaleureuse, cette communauté de cinq jeunes, plus un ancien du monastère, porte cahin-caha, bellement et rudement, le mixage linguistique et culturel des quatre nations qui la composent.

C'est leur priorité d'aujourd'hui.

Ce qui m'a surpris, c'est leur regard ardent et serein, tourné vers l'avenir. Ils assument, bien sûr, le prestige lumineux de la vie, de la lutte et de la mort de leurs sept prédécesseurs.

Mais le legs du « Patrimoine de l'humanité » que ces derniers nous ont laissé ne suffit pas pour souder ceux qui veulent être leurs successeurs. Le but premier de cette jeune équipe est de trouver son unité pour se vouer à Dieu seul au service d'un peuple.

Contemplatifs, ils mettent leurs pas dans ceux qui les ont précédés, tout en cherchant d'autres sentiers qui enracineront leur présence « priante parmi les priants ».

C'est leur volonté forte, ardente. Et c'est bien ainsi.

Comme j'ai aimé retrouver cette terre de Notre-Dame-de-l'Atlas ou Mgr Duval me conviait à aller prier, il y a quarante ans, alors que j'étais séminariste ! Et je suis là, dans cette chapelle de Tibhirine, présidant l'Eucharistie avec les six moines, six ans après ma dernière retraite prêchée par Christian et Christophe.

Émouvant pèlerinage d'une journée seulement.

Avant l'office, je médite devant les sept tombes. Je rassemble dans une prière universelle tant de martyrs algériens, morts par amour et dans l'anonymat. Je pense à cet imam égorgé à la sortie de sa mosquée où il venait de prêcher la paix, proclamant que tuer au nom de Dieu est une infamie.

Cette parole de l'Évangile : « Il n'y a pas de plus grand amour que de donner sa vie pour ceux qu'on aime » n'appartient pas aux seuls chrétiens. Elle a une portée universelle, elle est semence d'espérance pour tous.

« Qu'un jour le monastère de Tibhirine soit de nouveau habité par d'autres moines, quelle importance au fond », me dis-je. Ce sont les musulmans qui en décideront. La vénération de restes humains ne justifie pas à elle seule qu'un lieu, si mythique soit-il, permette à une autre communauté d'y prendre la relève. Et cependant, c'est toujours à partir d'un lieu précis qu'on débouche sur l'universel.

Dieu sait si j'ai pu le vérifier dans l'extraordinaire accueil des Algériens du village de Tibhirine, gardant fidèlement l'enceinte du monastère depuis plus de quatre ans. C'est remarquable et, d'une certaine façon, unique.

Au cours de cette seule journée, ce sont eux, les musulmans, qui nous accueillaient, notamment ceux qui travaillaient à la propriété. Les moines n'étaient que leurs hôtes de passage…, qu'ils désirent voir, au plus vite, dans les traces de ceux qu'ils pleurent.

Leurs regards brillent d'espérance.

Si cette terre de Tibhirine continue d'exhaler ce parfum de l'universel, il sera alors difficile de trouver un autre lieu aussi marqué par des liens communs de sang, de sueur et de cœur.

Un lierre de l'au-delà

La terrasse domine les hauteurs d'Alger. Le parfum envoûtant du jasmin est porté par la brise légère. Le clair de lune enveloppe le paysage nocturne d'un halo de mystère percé de mille lumières. Villas somptueuses et immenses ensembles scintillent dans la pénombre.

Je récite lentement le chapelet avec Amédée, un des deux moines rescapés de la Trappe de Tibhirine, en arpentant la terrasse sous le ciel étoilé.

Les sept martyrs de l'Amour, veilleurs éternels, doivent être au rendez-vous. Durant la retraite sacerdotale, quelques trappistes se sont joints à nous. Cadeau inappréciable. La relève future, doucement, prend visage. Frère Thomas, jeune moine cistercien athlétique et immense, fait espérer, avec d'autres frères, des lendemains où montera vers le ciel la longue psalmodie des moines dans leur sanctuaire retrouvé. Mais qu'est-ce qui peut ainsi pousser irrésistiblement des moines à revenir, un jour, sur le lieu de leur accrochage terrestre ?

Une terre ? Des pierres ? Oh ! que non ! Il n'y a pas plus « détaché » qu'un monastère. Combien ont été détruits, brûlés, rasés ! Pourtant, ils ont toujours resurgi de leurs ruines.

Alors pourquoi les priants consacrés croient-ils qu'un lieu de prière a autant de valeur ?

C'est simplement parce qu'ils se sont incarnés sur une terre, au cœur d'un peuple. Il n'y a pas plus éloigné de la fureur des hommes que les contemplatifs... et plus près à la fois de leur âme. Il suffit de croire tout simplement à la puissance inégalable de la prière et de la présence. Je me souviens encore de Mgr Duval, l'archevêque tant aimé d'Alger, qui me disait alors que j'étais séminariste : « Allez vous refaire une santé à Tibhirine ! C'est le cœur de mon diocèse. »

J'y suis allé souvent. Je regardais les moines prier et veiller. J'aimais tant contempler, du haut du même rocher, le soleil couchant qui incendiait d'ocre ou de vermillon le paysage aride du Moyen Atlas.

Puissent ces veilleurs de l'Absolu reprendre la psalmodie divine ininterrompue, dans le lieu même d'où leurs sept compagnons ont été conduits à l'abattoir, sous la protection de leurs frères qui reposent maintenant dans l'humus qu'ils ont tant travaillé.

Vivants plus que jamais. Inestimable semence.

Puisse le lierre, donné par un des pères martyrs il y a cinq ans et que j'ai planté à la Bergerie de Haute-Provence, préfigurer la renaissance de Notre-Dame-de-l'Atlas. Il est superbe et grimpe contre le mur de la Bergerie...

Jusqu'au bout

Il va mourir. Et il le sait. Je n'oublierai jamais le jour où le diagnostic lui a été annoncé.

Il m'a demandé de l'accompagner à l'hôpital… Juste avant, il m'a fixé. Ses yeux profonds me vrillaient. Longtemps, longtemps. Son regard indiciblement émouvant me toucha jusqu'au fond de l'âme.

Et puis, il est entré pour la consultation.

En sortant, il avait les yeux fixés à terre. J'avais compris.

C'est bien après qu'il m'a dit, au cours du repas qui a suivi : « C'est foutu ! Je ne me soignerai pas. J'irai jusqu'au bout comme ça. »

J'ai tenté de l'aider à revenir sur sa décision. En vain. Alors, je me suis tu. Il ne me restait plus qu'à demeurer auprès de lui. Le plus souvent possible. Le plus silencieux possible.

Combat plus que difficile. Mais il est ma priorité.

Aller en retraite, alors qu'il m'appelle ? J'aurais bonne mine de lui dire que je prie pour lui, pendant qu'il m'attend. Mes retraites se feront à ses côtés. La charité passe avant la prière. Il est croyant. Me voir prier, même si Dieu n'a pas le même Nom que le Sien, ne lui est pas indifférent. Bien au contraire.

Je comprends de plus en plus, à ses côtés, la communion de la présence. Cette présence invisible du Christ souffrant, je la devine en lui presque physiquement.

Les signes cliniques de la maladie qui le dévore apparaissent peu à peu. Je ressens le couronnement d'épines, les coups, la Croix portée, les moments d'intense épuisement, les courtes rémissions entre les stations du calvaire que, stoïquement, il gravit.

Pendant une longue période où j'étais chez lui, il se réveillait souvent la nuit. Il venait alors s'asseoir au bord de mon lit. On parlait de Dieu, de l'au-delà, interminablement.

Le plus dur, c'est quand il m'a demandé de prier pour que la fin arrive vite. Je n'ai pas osé. Je pleurais, le soir dans mon lit, d'impuissance et de désarroi.

Et puis, le lendemain, rasséréné, j'ai accepté. En effet, il a soudain prononcé la phrase du « Notre Père » qu'il m'avait entendu dire tant de fois aux messes où il me suivait : « Que Ta Volonté soit faite sur la terre comme au ciel. »

Je l'ai redite avec lui, lentement.

C'est un grand mystère que d'accompagner celui ou celle qui part vers la Lumière, en plein brouillard, en pleine jeunesse. C'est un écartèlement. C'est une route inconnue aussi. Parce que c'est être là, toute affaire cessante. C'est bousiller son emploi du temps. Même si son entourage ne comprend pas toujours.

C'est aussi la grâce déchirante d'avoir les pieds bien sur terre, alors qu'il faut se mettre dans les pas vacillants de celui qui, doucement, s'en va. Et s'appuie désespérément sur vos épaules qui ne doivent pas s'affaisser. Marie est alors une accompagnatrice hors pair.

La mort « joyeuse »

Mon neveu est mort à l'âge de quinze ans, accidentellement. Quand je l'ai vu, juste sorti de son linceul – le torrent glacé du Verdon –, il était rose et frais. Intact. Son visage était encore vivant, comme endormi. Ce corps, je ne le voyais pas mort.

Il n'en est pas de même des jeunes que je vois mourir autour de moi. Le dernier s'était suicidé et dégageait déjà une odeur insupportable. Hélas, l'odeur ne montre que la pourriture de la vie. Lorsque tu regardes ton corps tout au long de ton existence, tu penses : « Ça, ça va pourrir… Ça aussi… » Cet aspect de la mort me mettait, tout jeune, à cause de mes anciens maîtres qui nous montraient la mort sous sa forme la plus repoussante, dans un état de culpabilité terrible.

J'ai côtoyé la mort pendant la guerre d'Algérie, j'ai failli être tué par des mecs dans mes fonctions d'éducateur, j'ai enterré une cinquantaine de jeunes, victimes de mort violente. Alors pour moi, en dehors de parents et d'amis décédés dans leur lit, la mort a une image de violence.

Je suis comme programmé pour assister à des morts violentes. C'est toujours une grande déchirure quand je suis devant le cercueil d'un jeune que je vais enterrer, et qui a été tué de trois balles dans la tête, ou d'un coup de couteau…, ou bien qui a succombé à une overdose, ou encore, après une bonne dose de cocaïne, s'est jeté du cinquième étage parce qu'il croyait être un papillon…

« Dieu est amour »

« Dieu est amour ». Ces trois mots m'ont toujours réchauffé. Ils me disent que cet amour que je vis sur terre et donne à des êtres blessés est tellement hors du temps qu'il dépasse la vie charnelle.

Si je crois à quelque chose de prodigieux après la mort, c'est bien à l'Amour que j'y trouverai. Si Dieu nous donne cette sensation de l'amour sur terre, c'est pour nous préparer à cet Amour infini. J'ai la conviction absolue que la mort est le paradis de l'Amour. La terre est l'antichambre de l'Amour. Je n'ai pas perdu, me semble-t-il, une virgule de cette pensée depuis trente-six ans. Si je la perdais, je perdrais tout.

Souvent quand je vois des paysages splendides, je me dis que ce sera infiniment plus beau là-haut. Ici, je n'ai que les yeux de la terre, je n'ai que les oreilles de la terre, je n'ai que les pieds de la terre, mais là-haut, les choses seront tellement plus belles.

La mort m'apparaît comme une rencontre sublime et que j'attends, pas du tout avec impatience, mais quand elle voudra… Ce que j'aimerais, c'est la voir

venir. Oui. Et pas trop souffrir, non… quand même.
Mais la voir venir et pouvoir dire à Dieu, en sen-
tant qu'elle est proche :

— Je T'attendais !

Et les autres, « ceux qui restent » ? me direz-vous.
Les victimes de ma propre mort, en quelque sorte ?
Je ne voudrais pas plagier sainte Thérèse, mais à la
question angoissée des jeunes qui me disent :
« Quand tu seras là-haut, qui s'occupera de nous ? »,
je réponds avec humour : « T'inquiète pas ! Là-haut,
je t'aiderai. J'aurai beaucoup plus de pouvoir que je
n'en ai maintenant. Le CCP du Seigneur est plus
important que le mien. (Je dis ça aux mecs qui me
tapent sans cesse du fric.) Il te le fera parvenir, le blé.
Je ne te lâcherai pas ! »

Je connais la vie des mecs et des filles qui sont
morts à mes côtés. Comme ils n'ont connu que la violence, évidemment ils sont morts violemment. Mais,
finalement, au fond d'eux-mêmes ils ne cherchaient
que l'amour. Et là, ils l'ont enfin, cet amour…

C'est ainsi que, spirituellement, j'enterre dans la
douleur, mais « joyeusement », mes gars et mes filles.

La peur de la mort

Le problème de la plupart des gens est leur peur
folle de la mort.

Les musulmans ont, plus que les chrétiens, un sens
aigu de la vérité de la mort. Quand j'étais prêtre en
Algérie, j'ai bien connu un jeune, Rachid. Chaque

matin, à 10 heures, j'allais boire un café avec lui.

Un jour, à 4 heures de l'après-midi, comme je rentre au presbystère, je vois autour du bâtiment un nombre de voitures très important. On me dit :

— Rachid a été enterré.

— Rachid ? Avec qui j'ai bu le café ce matin ?

Il avait eu une rupture d'anévrisme, à 10 h 30.

À 4 heures, il était enterré.

Plus nous nous enrichissons, plus nous avons peur de la mort. Plus on s'appauvrit, plus on attend le royaume de Dieu. Dieu nous a mis sur terre pour partager, aimer. Celui qui a su s'appauvrir et préparer son départ de la terre épouse la mort avant qu'elle n'arrive – « il meurt avant de mourir » –, il est un mort très vivant accroché à la vie seconde par seconde.

Je suis allé en Amérique plusieurs fois, et j'ai pu y voir une vieille grand-mère décédée. Un mec me dit : « Viens visiter ce funérarium, ça vaut le coup ! » Ça valait vraiment le coût ! Il était somptueux. Quant à la pauvre femme, elle était pommadée comme une pute. On lui avait redonné un visage de quarante ans alors qu'elle en avait quatre-vingt-six. Je trouvais ce lifting indécent.

Dans l'horreur de Manhattan, nous n'avons pratiquement pas vu de morts. Nous avons vu des avions piquer sur les tours, nous avons vu du matériel brisé et soufflé. Mais aucune main, pied ou tête. Seulement quelques blessés. Pas de morts. Simplement des « virgules » noires qui sautaient des tours. Mais pas l'énorme flaque de sang que devaient faire ces « virgules » sur le sol.

« Au sol, ils étaient pulvérisés », a dit un pompier new-yorkais. Merci aux médias américains d'avoir eu pour la première fois la « pudeur » des images, le respect de morts horribles. Honte aux revues françaises qui ont étalé avec complaisance les images terrifiantes des blessés de l'explosion de Toulouse.

La mort, on y pense avec horreur ou avec appréhension, ou on la regarde en face et on s'y prépare. Ces questions bien posées permettent de mieux vivre. La mort n'est plus un obstacle mais un « deuxième berceau »… C'est, enfin, la rencontre avec l'Amour qu'on a durement et passionnément cherché sur terre.

Épilogue

Une année où tu vas en baver...

Si je te souhaite une année paisible, tranquille, ce sera désirer que tu te replies sur toi-même...

Alors, pas question !

Si je t'offre les habituels vœux sucrés, ça veut dire que je ne souhaite aucun piment dans ta vie.

Ne compte pas sur moi pour ça !

Si je t'envoie mes vœux stéréotypés parce que tu es dans mon fichier et que, rituellement, c'est une corvée que je dois assumer, seule la poste ne trouvera rien à redire.

Tu te sentiras reconnu mais pas respecté.

Mais si je t'envoie quelques mots bien ciblés, qui vont te remplir de joie, de douceur et de tendresse malgré leur brièveté..., alors tu sauras que tu existes en moi, hors la forme habituelle où tu penserais que tu n'es qu'un parmi tant d'autres.

Je te souhaite une année dure, exigeante, où tu vas en baver. Parce que les autres ne te laisseront jamais indifférent. Parce que tu vibreras à toute misère, toute souffrance et que tu seras là pour apaiser et réconcilier.

Je te souhaite une année où tu sauras prendre du temps pour toi.

Trois cent soixante-cinq jours bourrés à bloc des autres (au point que tu y perdras ton âme et sans doute ta santé), ça, ce ne sont pas mes vœux ! Une année où tu prendras du temps pour toi, d'abord, sera l'année que je te souhaite. La puissance que tu emmagasineras te rendra fort, ardent et plein de discernement pour le service des autres.

Une année où la prière et le silence seront tes atouts maîtres. Un 2002 où tu seras alors performant au-delà de l'imaginable.

Une année où tu vas choisir ta famille en priorité sera, à coup sûr, ton année phare. Elle sera grâce pour toi et les tiens.

Enfin, une grande puissance d'écoute pour tous ceux et celles qui te solliciteront : famille, voisins, amis et emmerdeurs de tout poil, est mon vœu presque final.

J'achève en souhaitant que tu sois un être de miséricorde. Notre monde a un immense besoin d'humains qui pardonnent et sachent demander pardon.

Seuls ces êtres donneront à un monde dur, figé sur l'apparence, le fric et le pouvoir, l'oxygène qui le fera vivre.

Face au cynisme de la loi du marché et au narcissisme de la richesse, il est plus que temps de passer à la résistance spirituelle.

Bonne année, donc, où tu vas en baver !

Table

Quatrième partie

POUR ÉLEVER UN ENFANT

Cinquième partie

AU PIED DE L'ARC-EN-CIEL

Sixième partie

LES ATHLÈTES DE DIEU

Table 251

Septième partie
RÉSISTER

Huitième partie
LEÇONS DE VIE

Neuvième partie
FOUS D'AMOUR

DU MÊME AUTEUR

aux Éditions Stock

Composition réalisée par Chesteroc Ltd

IMPRIMÉ EN ESPAGNE PAR LIBERDUPLEX
Barcelone
Dépôt légal éditeur : 39978-12/2003
Édition 01
LIBRAIRIE GÉNÉRALE FRANÇAISE – 43, quai de Grenelle – 75015 Paris
ISBN : 2-253-15594-2